AMÉRICA NUESTRA
ANTOLOGÍA DE NARRATIVA
EN ESPAÑOL
EN ESTADOS UNIDOS

MIAMI 2011
WWW.LINKGUAUSA.COM

Créditos

Título: América Nuestra: Antología de
narrativa en español en Estados Unidos.

© 2011, Tres Aguas, Linkgua USA
© Antologadores: José Castro Urioste,
Fernando Olszanski, 2011
Editor de Colección: Fernando Olszanski

www.linkguausa.com
info@linkguausa.com

ISBN rústica: 978-84-9007-075-8

SUMARIO

La producción de la literatura en español en los Estados Unidos no es reciente. En realidad, es un proceso histórico cuyo inicio puede rastrearse desde la llegada del conquistador Juan de Oñate a lo que hoy en día es Nuevo México. Con Oñate se introduce el español como también el teatro europeo y durante el periodo de la colonia la producción literaria en nuestra lengua se intensifica en el suroeste de los Estados Unidos alcanzando un punto culminante en año el 1848. En esta fecha, y a partir del Tratado de Guadalupe—Hidalgo, el español pierde su posición de lengua dominante y se transforma en la lengua de la resistencia cultural. Se desarrolla así una intensa labor periodística y en estos medios de prensa se publican también cuentos y poemas. Otro momento culminante en el proceso histórico de la producción literaria en español en los Estados Unidos es el año 1898. Tal fecha puede ser simbólica para marcar no solo el fin de un siglo sino el inicio del otro. Es el fin del Imperio Español —expresado enfáticamente por la Generación del 98— como la advertencia de la generación modernista ante el surgimiento del Imperio Norteamericano. En este cambio de siglo una generación de escritores radicados en Estados Unidos buscó crear a partir de sus textos en español una imagen de identidad mexicoamericana.

Los sucesos históricos del siglo XX en América Latina y en España produjeron nuevas olas migratorias que hicieron que la producción literaria en español en Estados Unidos fuera más rica y compleja. El periodo de la Revolución Mexicana, la Guerra Civil Española, la Revolución Cubana, el caso especifico de Puerto Rico, las dictaduras fascistas en el Cono Sur, las propuesta neoliberales que trajeron severas crisis económicas, hicieron que nuevas oleadas de inmigrantes de distintas condiciones socio—económicas, con una variedad de distintos niveles educativos, y con posiciones ideológicas no solo diferentes sino hasta encontradas, llegaran a los Estados Unidos. Este cambio demográfico generó un intenso proceso de latinización de las ciudades norteamericanas. Siempre se ha mencionado que tal latinización se ha desarrollado en las grandes ciudades estadounidenses como Nueva York, Miami, Los Ángeles, Chicago. Sin embargo, áreas menos pobladas de Estados Unidos también están siendo parte de esta latinización. Pienso, por ejemplo, en el noroeste de Indiana en la cual se produce en las primeras décadas del siglo XX un periodismo y un teatro en español.

Definitivamente, la latinización en los Estados Unidos ha generado prácticas sociales y culturales con características específicas, y como parte de ellas viene generando una literatura en español con rasgos que le son propios. En determinado momento he planteado, a manera de hipótesis, ciertas tendencias sobre la literatura en español de Chicago que, tal vez, podrían ser pertinentes a otras regiones norteamericanas. La primera tendencia puede denominarse como literatura de transplante. Con escritura de transplante me refiero a una tendencia en la que los escritores, pese a vivir fuera del país de origen, no parecen haber modificado su temática, ni su estilo, ni sus preocupaciones. Son textos que "aparentemente" podrían haber sido elaborados en Argentina, México, o Chile, o en otros países de habla hispana y la influencia del lugar desde donde se escribe, Estados Unidos, parece ser inexistente. Enfatizo, en este caso, la condición de "aparente" porque de todas maneras en estos escritores en el acto de narrar se instala una perspectiva alejada de sus sociedades de origen, lo cual hace que la visión sobre esos universos sea diferente a la que aquel escritor que narra sobre y desde América Latina. Me imagino —y esto no dejar de ser una especulación—

que en estos narradores el acto de escribir podría transformarse en un viaje de retorno a sus propias sociedades.

En la segunda tendencia se observa el peso (o la presencia) del nuevo lugar, de Estados Unidos. Obviamente, la presencia del nuevo lugar puede expresarse de diversas formas: por ejemplo, a través de la nostalgia y recuerdos sobre el espacio de origen (en la primera tendencia no existe esta posibilidad), o por medio de la inserción de elementos del paisaje norteamericano (nombres de calles, descripción de ambientes). Se configura en esta tendencia un sujeto en un contexto que no es el suyo, pero que nunca busca indagar en cuestiones que son estrictamente propias de la sociedad norteamericana.

Finalmente, se puede distinguir una tercera tendencia de carácter transnacional cuyo rasgo principal es la construcción de un mundo y de una preocupación latina (ya no estrictamente, argentina, mexicana, o cubana, o de cualquier otro país de habla hispana) la cual solo puede existir a partir de la experiencia en Estados Unidos. Se abandonan, por tanto, las fronteras nacionales y regionales (aunque esto no significa que se borren ni desaparezcan) y se busca así reflejar un sentido de comunidad que va más allá de esos nacionalismos.

Esta antología se relaciona fundamentalmente con las dos últimas tendencias aquí descritas. Sin embargo, también se vincula y se inserta con más de una tradición literaria. Por un lado, se relaciona con el proceso histórico de la producción literaria en español en los Estados Unidos, esbozado en los primeros párrafos de este prefacio. Pero no solo eso. Esta antología no deja de insertarse con las tradiciones literarias latinoamericana y nacionales de cada uno de los escritores que participan en este volumen. Ese dialogo con esas tradiciones no se cierra, sino que continua con las características pertinentes y propias del acto de escribir desde Estados Unidos. Asimismo, se construye una tercera inserción que merece ser enfatizada. Esta antología dialoga también con las investigaciones en el campo de Latino Studies. Cierto sector de estas investigaciones enfatizan y dan mayor jerarquía a la producción literaria realizada en ingles que recrea el universo de nuestras comunidades en Estados Unidos. Por consiguiente, y en gran medida, tal sector de Latino Studies olvida y deja fuera de su corpus de estudio la producción literaria en español. En este sentido, el presente volumen es una respuesta a ese sector de Latino Studies que da prioridad (y a veces exclusividad) al inglés. Y es una enfática respuesta porque de por sí expresa y exige que el corpus de estudios de este campo deba ser no solo bilingüe, sino plurilingüe en la medida en que el mundo latino se construye de tal diversidad lingüística.

Es casi un lugar común mencionar que toda antología es arbitraria y también es un trabajo de selección que por su naturaleza no se concluye, que siempre permanece incompleto. El presente volumen no es la excepción. Dentro de esas condiciones de arbitrariedad y de inconclusión, junto con Fernando Olszanski hemos empleado determinados criterios generales de representatividad. Se ha tratado, en lo posible, que el conjunto de escritores participantes de este volumen sean provenientes de distintas sociedades hispanoparlantes con el propósito de ofrecer una mayor diversidad. De igual modo, y con el mismo propósito en mente, se intenta que varias regiones de los Estados Unidos estén representadas. Obviamente, detrás de estas consideraciones bastante generales ha habido un hilo temático rector: la representación del mundo latino en Estados Unidos, el cual aparece en cada escritor participante a través de diversas formas, estilos, acercamientos a los universos de nuestras comunidades.

Dentro del conjunto de relatos que componen este volumen se puede distinguir determinados rasgos característicos. En ciertas historias el universo latino de Estados Unidos es el telón de fondo de las acciones y tal configuración del espacio adquiere una jerarquía predominante en el relato. Es un telón de fondo que, aunque parezca paradójico, no se localiza "atrás" sino en la parte más evidente (y no por eso epidérmica) de la historia. El énfasis y la jerarquía que adquiere la construcción del espacio puede obedecer a distintas razones. Entre estas razones cabe mencionar, por ejemplo, el descubrimiento del nuevo territorio, la comparación entre éste y el lugar de origen, como también un constante intento de apropiación del nuevo espacio a partir de la escritura. Estas posibles causas no son excluyentes entre sí. Muy por el contrario, se combinan y se alternan fluidamente.

En otros relatos de esta antología es el personaje el que adquiere una mayor jerarquía semántica. Se describe un personaje que proviene de nuestros países pero ubicado dentro del mundo norteamericano. Este personaje se caracteriza por ser un sujeto carente de un centro. Un sujeto que no tiene certeza de cual es su lugar. Un sujeto que considera que no ha llegado a integrarse completamente al nuevo territorio en que se encuentra y que, por otro lado, asume que no pertenece a su sociedad de origen. Un sujeto que no sabe donde está "su casa" y que por lo tanto, posee una angustia existencial.

En otros relatos el universo latino no surge a partir de la construcción de un telón de fondo ni por medio de la configuración del personaje. En estos cuentos es la historia en sí misma la que expresa determinadas características del mundo latino en Estados Unidos. La historia, así, está impregnada de ese mundo. Es como si los rasgos del territorio fueran integrados en los acontecimientos que se narran. La preocupación (la inquietud del narrador o del personaje) no es solo es el espacio, sino lo que sucede en ese espacio y, a su vez, ese suceder está definido por la condición de ser latino.

Es sintomático que las historias en español sobre el universo latino de Estados Unidos hayan sido soslayadas, e incluso olvidadas. Como se ha visto, el amplio corpus que se inicia con la llegada del conquistador Oñate recién hoy en día está siendo investigado; por otro lado, cierto sector de Latino Studies ha preferido la escritura latina en inglés, dejando de lado la producción literaria latina contemporánea en español. Parece ser que por distintas razones se ha tratado de no divulgar las historias escritas en español del pasado y del presente del universo latino. Si se considera que las historias —desde los mitos hasta la cinematografía, pasando por el periodismo y la novela— son elementos constitutivos de la identidad de una comunidad —tal como lo sostienen dos intelectuales con posiciones ideológicas distintas como Žižek y Vargas Llosa—, la pregunta que surge para el caso de lo latino es preocupante. Ocultar, soslayar, minimizar las historias latinas en español ¿ha sido una manera de mermar la formación de una identidad? Si fuera así, ¿habría habido una determinada voluntad política para llevar a cabo dicho proyecto? No resulta posible responder tales interrogantes en este prefacio, pero conviene, al menos, dejarlas planteadas. En todo caso, esta antología al recopilar historias en español sobre el universo latino de Estados Unidos, pretende no solo dar cuenta de la diversidad y riqueza literaria que se viene desarrollando en nuestra lengua en este país, sino que también se pueda estar intentando —aunque sea con un granito de arena— dar cuenta de la formación de una identidad latina.

José Castro Urioste

Mario Bencastro

Querida amiga

Querida amiga:

Te escribo del avión, en vuelo a El Salvador, la tierra de mis abuelos, de mi madre, la mía. La situación allá está bien "jodida", perdona la expresión pero no encuentro otra palabra para describir lo que acontece en la nación de los pipiles, descendientes de mis antepasados.

Como te conté anteriormente, después que hice mis votos de religiosa, deseosa de empezar mi labor social y bajo la inspiración de las misioneras martirizadas en El Salvador hace dos años —Ita Ford, Jean Donovan, Maura Clarke y Dorothy Kazel—, decidí continuar su trabajo con la gente pobre a quien ellas dedicaron su vida.

Antes de ir a Chalatenango donde Ita y Jean trabajaban, y donde yo desarrollaré mi labor, me quedaré unos días en la capital para ver a mis familiares, quienes están emocionados por verme hecha una monja.

Debo decirte que estas misioneras son mis heroínas y siento que su inspiración me guía. Su entrega a la causa de los pobres es ejemplar. Me inspiran tanto que quisiera ser como ellas. Para mí son unas santas modernas. La gente que estuvo cerca de ellas confiesa que todo lo hacían con una sonrisa, como si el acto de amar al prójimo les causara felicidad absoluta. He leído e investigado sobre sus vidas y trabajo social, y siento que voy revestida de la misma humildad, deseo de lucha por la pobreza y amor para los desposeídos que las bendecía a

17

ellas, mis cuatro hermanas del alma.

★★★★★

Jean Donovan, a quien le llamaban cariñosamente "Santa Jean la Juguetona", era la más joven de dos hijos, criada en la clase media alta de una familia en Westport, Connecticut. Su padre era ingeniero, jefe de diseños en una gran compañía constructora de helicópteros usados en la guerra del Vietnam. Jean recibió una Maestría en Administración de Empresas en Case Western Reserve University, luego tomó un trabajo como gerente de una compañía de contabilidad en Cleveland. Iba encaminada a una carrera de mucho éxito.

No era tímida, ni introvertida, sino jovial, llevadera y cómica, y muchas veces hacía cosas escandalosas sólo para atraer la atención. Era una persona de coraje, amorosa y bondadosa. Le encantaba manejar su motocicleta. Dicen que una vez la encontraron poniéndole whiskey, su bebida preferida, al cereal del desayuno. Su espíritu y generosidad hicieron que sus amigos leales se disgustaran con ella porque se volvió misionera. Pero es que Jean no se sentía satisfecha y comenzó a buscar algo más profundo en la vida. Mientras hacía trabajo voluntario en la Cleveland Diocese Youth Ministry con los pobres, se enteró de un proyecto de misioneros diocesanos en El Salvador, lo cual era lo que ella andaba buscando. Jean atribuyó su decisión a "un presentimiento", y dijo: "Quiero acercarme a Dios y éste es el único camino que creo poder hacerlo".

Ella fue también afectada por el tiempo que pasó en Irlanda como estudiante de intercambio, donde un sacerdote que se hizo buen amigo de ella, el Fraile Michael Crowley que había sido un misionero en el Perú, la introdujo a un mundo diferente, un mundo del pobre y la vida de fe consagrada a un seguimiento más radical del ejemplo de Jesús. Jean estaba obsesionada por lo que experimentó allá y esto la hizo cuestionar los valores de su propia vida.

Después de su entrenamiento con las Hermanas Maryknoll llegó a El Salvador en julio de 1979, en el tiempo en que la represión se estaba intensificando y la Iglesia era perseguida. Asumió la coordinación de Cáritas para el programa de la misión diocesana. Además de llevar la contabilidad, trabajó en La Libertad con Dorothy Kazel, distribuyendo alimentos para los pobres y los refugiados, y llevando a cabo programas educativos para las familias. Estaba fuertemente motivada por San Francisco de Asís y Monseñor Romero. Tradujo las enseñanzas de Dios a proveer ropa para el pobre, alimentos para el hambriento y cuidados para los refugiados heridos, especialmente los niños que habían perdido en la guerra lo poco que tenían.

Jean iba a menudo a la catedral de San Salvador a escuchar las homilías de Monseñor Romero, que en ese tiempo representaban la única noticia verdadera en El Salvador. Después del asesinato de Monseñor, Jean y Dorothy participaron en la vigilia del féretro, y estuvieron presentes en la catedral cuando las multitudes atendieron el funeral el 30 de marzo de 1980, y fueron atacadas en la plaza por francotiradores creando una estampida de pánico que dejó cuarenta y cuatro muertos y cientos de heridos. Jean se encontraba entre la gente desesperada que corrió hacia el interior de la catedral buscando socorro. Creyó que ese día iba a morir.

En el otoño de 1980 tomó un descanso de esta tensa realidad para asistir a una boda de un amigo en Irlanda. Allí se reunió por un tiempo con su prometido, el Dr. Douglas Cable. Muchos de sus amigos trataron de persuadirla de que no regresara a El Salvador, pero ella los reconfortó con una mofa: "Ellos no matan a norteamericanas rubias y de ojos azules".

★★★★★

La situación en El Salvador, querida amiga, es desesperante. Se avecinan fuertes operativos militares y no la paz que esperábamos. El ingreso de vehículos y equipo pesado en las aldeas no es señal pacífica, es más bien señal de que en cualquier momento se producirá algo con toda la fuerza contra nuestros hermanos campesinos. Vemos además la posición del ejército en las comunidades, y todo se está armando para además contener militarmente a las bases de apoyo que son civiles desarmados. Nuestras misioneras y otros miembros de la solidaridad internacional están teniendo problemas para ingresar en esas comunidades. Los medios de comunicación son casi inexistentes y no revelan la realidad de la situación.

Hace unos días, a los dirigentes de uno de los proyectos en que voy a trabajar les enviaron amenazas de muerte. Y entonces ahí tienes el escenario que me espera. La vida ya está dada. Eso no me preocupa. En cualquier momento se llegará el final del camino, y pues es nuestro deber moral continuar con amor y fuerza hasta cuando Dios disponga.

Mi trabajo se centrará en proyectos de las Hermanas Maryknoll. Visitaré un hospital campesino y luego una parroquia para animar al equipo pastoral.

Realmente, sabes, nunca imaginé que mi trabajo social me llevara a una tierra en que la iglesia es perseguida, pero en el centro de todo está el sufrimiento de los pobres, los sin voz como decía Monseñor Romero, y pues se vuelve un mandato moral, social, por ellos, por la

vida. Por otro lado, mi trabajo me ha llevado a conocer gente llena
de un profundo amor humanitario que me recuerda a Ita Ford, una
persona verdaderamente admirable, cuyo lema eran aquellas palabras
inspiradoras del evangelio: "Yo caminaré contigo", y siento en mi
corazón que ella camina conmigo desde que supe de su martirio.

★★★★★

Ita Ford nació en Brooklyn. Cuando terminó estudios
universitarios en la universidad Marymount se unió a las
Hermanas Maryknoll. Después de tres años, problemas de salud
la obligaron a retirarse, lo cual fue para ella devastador pues la
hizo pensar que los planes de su vida se descarrilaban.

A pesar de esto, a los siete años de trabajar como editora
para una compañía publicitaria, solicitó de nuevo y fue aceptada
por las Hermanas Maryknoll. Fue asignada a Chile, adonde
llegó pocos meses antes del 11 de septiembre de 1973, cuando
un golpe de estado militar derrocó al presidente Salvador
Allende.

Los siguientes años fueron muy amargos para Chile.
Miles de personas sospechosas de ser enemigas del gobierno
fueron arrestadas, asesinadas o desaparecidas. Miles más sufrieron
torturas y encarcelamiento. Ita vivió en un tugurio en Santiago
con Sor Carla Piette donde ayudaban a la gente durante el
tiempo de represión, miedo e incremento de la miseria de los
pobres.

Los años en Chile dejaron un profundo impacto en
Ita. Movida por sentimientos de inseguridad en medio de una
severa realidad, ella escribió: "¿Es mi deseo sufrir con esta gente
aquí su impotencia? Puedo decirles: No tengo soluciones,

no sé las respuestas, pero caminaré con ustedes, buscaré con ustedes, estaré con ustedes. ¿Puedo dejarme evangelizar por esta oportunidad? ¿Puedo mirar y aceptar mi propia pobreza como yo la aprendo de los pobres?"

Pero aun en medio de esta búsqueda angustiosa, a Ita se le admiraba su vibrante y generoso espíritu. Tenía una personalidad amigable. Sus ojos vibrantes y su amplia sonrisa siempre estaban presentes en la pobreza y el dolor.

En 1980 Ita y Carla respondieron a un llamado de ayuda del Arzobispo Oscar A. Romero de El Salvador. Mientras iban en ruta a su nueva misión, supieron del asesinato de Arzobispo el 24 de marzo.

En junio de ese año, las dos hermanas empezaron a trabajar con el comité de Emergencia de Refugiados en Chalatenango. Aquí Ita se dio cuenta de la realidad salvadoreña trabajando con los campesinos, los perseguidos, las víctimas de la represión y la guerra; la violencia de la dictadura militar dispuesta a limpiar cualquier señal de oposición con increíble barbarie.

El 23 de agosto Carla e Ita tomaron su jeep para recoger a un prisionero político y llevarlo a casa, un servicio que ellas prestaban a personas cuyas vidas habían sido amenazadas por la violencia. Al regreso fueron atrapadas por una correntada de un río inundado. Carla empujó a Ita por una ventana. Cuando la corriente la llevaba río abajo, Ita rezaba: "Recíbeme Dios mío, estoy llegando." Finalmente se agarró de una rama y pudo salir a la orilla. El cuerpo de Carla fue encontrado la siguiente mañana. Para Ita, la pérdida de su más querida amiga fue un impacto tremendo que la hizo preguntarse "¿Por qué me salvé yo?"

Sor Maura Clarke se encontraba en El Salvador para explorar la posibilidad de trabajar allí, y se convirtió en la nueva compañera de Ita en el trabajo de refugiados en Chalatenango. Maura confesó que Ita es era un poderoso ejemplo; era una bendición estar con ella.

La real recuperación de Ita sucedió en una asamblea general de cinco días de las Hermanas Maryknoll durante el fin de semana de Acción de Gracias. En el cierre de la liturgia, Ita leyó un pasaje de las últimas homilías de Monseñor Romero: "Cristo los invita a no tener miedo de la persecución porque, créanme, hermanos y hermanas, el que está entregado al pobre debe correr el mismo destino del pobre, y en El Salvador el destino del pobre significa la desaparición, la tortura, ser capturado y ser encontrado muerto."

★★★★★

La vida de muchos hermanos campesinos, querida amiga, está en grave peligro. El poder se prepara. Y frente a eso nosotros nos preparamos con la flor del amor. El amor que fulmina nuestros corazones y el árbol de la esperanza que nos mantiene firmes.

Quería, antes de entrar en esa tierra de nadie y sin ley, decirte lo mucho que tu amistad representa para mí. Tu apoyo a través de los largos años de estudios teológicos ha sido un don tremendo que aprecio inmensamente. Creo que tengo mucho que caminar todavía. El sendero es largo. A veces será oscuro.

A veces luminoso. Pero estoy dispuesta a recorrerlo por nuestros hermanos los desposeídos, como lo hizo Maura Clarke, una de mis heroínas.

★★★★★

Maura Clarke nació en Queens, Nueva York. Entró en Maryknoll en 1950. En 1959 fue enviada a Nicaragua donde se desarrolló como profesora e hizo trabajo pastoral en la diócesis Capuchina de Suna, una ciudad remota en el este del país.

Desde 1970 trabajaba en Managua y estuvo presente en el terremoto de 1972 que devastó a la ciudad, en que se estima perecieron entre diez mil y veinte mil personas. Atrapadas en el piso alto de la casa de la diócesis, las hermanas Maryknoll salieron por una ventana y bajaron con un lazo hecho de sábanas. Inmediatamente empezaron a atender víctimas y a escarbar las ruinas para sacar muertos.

Unos calificaban a Maura de sobresaliente en su generosidad. Podía dar todo lo que poseía a los desventurados y estaba acostumbrada a vivir en la pobreza. Siempre veía lo bueno en los demás. A todos con quien se relacionaba los hacía sentir amados. Los nicaragüenses la llamaban "El ángel de nuestra tierra."

En 1977 Maura regresó a los Estados Unidos a hacer trabajo de misionera y a promover su vocación. Viajó con las Hermanas Maryknoll en el Grupo de Concientización Mundial, en el cual dijo cierta vez: "Yo veo este trabajo como una manera de despertar el interés hacia las víctimas de la injusticia del mundo; una labor para el cambio y para contribuir con la preocupación por el sufrimiento de los pobres y marginados, las no—personas de nuestra familia humana."

Maura no se encontraba en Nicaragua cuando Somoza fue derrocado, el 19 de julio de 1979, pero la noticia le causó enorme júbilo. Después de veinte años en ese país, ella conocía perfectamente el impacto que la dictadura militar ejercía sobre la vida de la gente humilde. Ella vio con sus propios ojos cómo la asistencia internacional que llegó al país para auxiliar a los damnificados del terremoto quedó en manos del dictador, su familia y los amigos de la élite, mientras que la vida del pobre en la destruida capital se volvía más desesperante.

Visitó Nicaragua en 1980 durante la celebración del primer aniversario de la victoria sandinista. Estaba feliz de encontrarse con sus amigos de tantos años, y de ver el espíritu reinante de increíble alivio, de esperanza y libertad después de cuarenta y cinco años de la dinastía Somoza.

Para entonces Monseñor Romero insistía en la urgente ayuda que se necesitaba en El Salvador. El 5 de agosto, precisamente dos semanas y media antes de la muerte de Sor Carla Piette en las profundidades de un río desbordado, Maura Clark fue a El Salvador a explorar la posibilidad de trabajar allí. Fue una dura decisión para ella dejar atrás veinte años de relaciones en Nicaragua en tan excitante momento de su historia, a cambio de asumir una labor humana y pastoral en El Salvador en tiempo de persecución.

Maura decidió tomar su lugar al lado de Ita Ford. Inmediatamente se introdujo en el trabajo de emergencia en beneficio de las víctimas. "Tenemos a los refugiados, mujeres y niños, fuera de nuestra puerta y sus historias son increíbles. Lo que sucede aquí es tan imposible, pero sucede. La perseverancia del pobre y su fe a través de este terrible dolor está constantemente halándome a responder con una fe más profunda."

Los días eran cada vez más difíciles y la lucha interna radicalmente más severa. "Mi miedo a la muerte esta constantemente desafiándome cuando niños, preciosas muchachas y ancianos están siendo tiroteados, otros cortados con machetes, y cuerpos tirados en el camino, prohibiendo a la gente que los entierre."

Maura e Ita viajaron en noviembre a Nicaragua para una asamblea regional. Allí confirmó su misión ante las

Hermanas Maryknoll: Permanecer en El Salvador para buscar a los desaparecidos, rezar con las familias de los prisioneros, enterrar a los muertos y trabajar con la gente en su lucha para terminar con la opresión, la miseria y la violencia.

★★★★★

Te escribo estas líneas, querida amiga, poseída de una gran emoción, pues aunque el panorama no se presenta libre de problemas y borrascas, la emoción de ir a trabajar a esa tierra de desposeídos en que ha reencarnado la viva imagen de Dios me hace sentir que soy parte del cambio, de la esperanza, del amor, de la vida. Esa vida que ya he entregado a la paz del futuro, pues como dijo una de las religiosas martirizadas en El Salvador, nadie puede quitarnos la vida cuando ya la hemos entregado al bien común, al prójimo, a los pobres, y esa vida resucitará en el amor de la madre que dará a luz a su hijo en el tiempo de paz. Esa era precisamente la fe que movía a la compañera misionera Dorothy Kazel.

★★★★★

Dorothy Kazel se unió a las Hermanas Ursulinas como profesora de la orden en Cleveland, en 1960. Estaba comprometida para casarse y sintiéndose llamada a la vida religiosa, pospuso su matrimonio para poner en práctica su llamado.

Dorothy enseñó por siete años y después se involucró en programas comunitarios ecuménicos e interraciales en la ciudad. En un retiro, una hermana escuchó a Dorothy confesar que quería ser recordada como "un aleluya de la cabeza a los pies."

En 1974 se unió al grupo de la diócesis de la misión de Cleveland en El Salvador, el cual consistía en nueve miembros que trabajaban en tres parroquias. Sus principales obligaciones eran visitar las casas de los feligreses y prepararlos para los sacramentos.

Su hermano James comentó: "Ella quería trabajar con gente que no tenía las oportunidades que existen en los Estados Unidos. Quería llevar el Evangelio a los necesitados."

Para el final de los años setenta, el aumento de la represión y la violencia política fue cambiando el carácter del grupo de trabajo. El sacerdote Maryknoll Stephen T. DeMott explicó: "Dorothy ocupaba más y más tiempo transportando en especial mujeres y niños a los centros de refugio. Escribió a casa sobre los cadáveres que diariamente eran encontrados a lo largo del camino y describía las mutilaciones como enfermizas y diabólicas."

Sor Sheila Marie Tobbe, una amiga y visitante en El Salvador, dijo del trabajo de Dorothy y de su compañera Jean Donovan: "Ellas fueron a El Salvador, un país que tiene el nombre de El Salvador del Mundo, a enseñar el Evangelio a los pobres. Capacitaron a catequistas, asistieron en la formación de Las Comunidades Cristinas Básicas, contribuyeron en la preparación de programas sacramentales y vigilaron la distribución de los alimentos que enviaba Caridades Católicas y Cáritas." Estaban envueltas en el trabajo con refugiados: manteniendo productos médicos y alimenticios, buscándoles refugio, llevando a los enfermos y heridos a las clínicas médicas. No podían llevar a los heridos a hospitales del gobierno por temor a que estas inocentes víctimas fueran asesinadas. En el curso de estas obligaciones, ellas se enamoraron de la belleza y el calor de la gente salvadoreña.

Para Dorothy esta cruel realidad afectó profundamente el entendimiento y la experiencia de su propia fe, mientras iba participando del sufrimiento de la gente y acompañándolas en su dolor y en la esperanza. El peligro de la represión se acercaba al grupo de la misión, y Dorothy y las otras luchaban sobre lo que deberían hacer. Le escribió a una amiga: "Este día hablamos bastante sobre qué debemos hacer si algo empieza. La mayoría de nosotros deseamos quedarnos aquí. No queremos simplemente dejar a la gente. Yo pienso que debo decirte esto a ti porque no quiero decírselo a nadie más, porque creo que no lo van a comprender. De todas maneras, querida amiga, solamente quiero que sepas lo que siento y valóralo en tu corazón. Si llega el día en que otros tengan que comprender, por favor explícales por mí."

Dorothy le escribió una carta a Sor Theresa Kane del grupo de liderazgo de las Hermanas de la Merced, en respuesta a un artículo que había leído sobre una charla de Theresa en la Conferencia de Liderazgo de Mujeres Religiosas. "Me impresionó muchísimo lo que dijo acerca del trabajo que hacen las monjas estadounidenses de la clase media y qué importante es servir al pobre y oprimido. Yo creo de todo corazón, por eso es que estoy en El Salvador."

★★★★★

Documento de la Comisión de la Verdad:

El día 2 de diciembre de 1980, inmediatamente después de las 7:00 P.m., miembros de la Guardia Nacional de El Salvador detuvieron a cuatro religiosas a la salida del aeropuerto internacional de Comalapa. Las religiosas Ita Ford, Maura Clarke, Dorothy Kazel y Jean Donovan fueron llevadas a un lugar aislado y allí asesinadas con disparos hechos a corta distancia.

Dos de las cuatro religiosas asesinadas, Ita Ford y Maura Clarke trabajaban en Chalatenango y estaban regresando de Nicaragua. Las otras dos, venían de La Libertad para recogerlas del aeropuerto.

Las detenciones fueron planeadas de antemano. Un subsargento de la Guardia Nacional, aproximadamente dos horas antes que las religiosas llegaran, comunicó a cinco de sus subordinados que debían detener a unas personas que venían de Nicaragua.

Luego se dirigió al puesto en San Luís Talpa para avisar al Comandante que hiciera caso omiso, si escuchaba algunos ruidos perturbadores, por cuanto sería el resultado de una acción que él y su gente estarían cumpliendo.

Una vez que los miembros de los cuerpos de seguridad se llevaron a las religiosas a un lugar alejado, el subsargento volvió a su puesto cerca del aeropuerto. A su regreso al sitio donde habían llevado a las religiosas, les dijo que había recibido la orden de asesinarlas.

A la siguiente mañana, el día 3 de diciembre los cuerpos fueron descubiertos en el camino. Cuando llego el Juez de Paz acordó inmediatamente su entierro, tal como había sido indicado por el comisionado del cantón. Así fue que los pobladores del lugar enterraron los cuerpos de las religiosas en las inmediaciones.

El embajador de los Estados Unidos se enteró el día 4 de diciembre del paradero de los cuerpos de las religiosas. Como resultado de sus gestiones y una vez obtenida la autorización del Juez de Paz, procedieron a remover los cadáveres y los llevaron a San Salvador. Allí, un grupo de médicos forenses declinaron hacer la autopsia aduciendo la *falta de máscaras quirúrgicas.*

Entre el 6 y el 9 de diciembre de 1980, llegó a San Salvador una misión especial de los Estados Unidos encabezada por funcionarios del Departamento de Estado. No encontraron prueba directa del crimen, tampoco evidencia que implicara a las autoridades salvadoreñas. Concluyeron que la operación conllevó el ocultamiento de las muertes y animaron al FBI a jugar un rol activo en la investigación.

Al día siguiente de las muertes el Presidente de los Estados Unidos suspendió la ayuda a El Salvador.

En abril de 1981 el Congreso de los Estados Unidos consideraba la ayuda a El Salvador. El 26 de abril miembros de la embajada se reunieron con el Ministro de Defensa señalando que la falta de investigación del caso estaba poniendo en peligro la ayuda de los Estados Unidos. El 29 de abril miembros de la Guardia Nacional fueron detenidos y al día siguiente la ayuda militar por $25 millones fue aprobada.

Al día siguiente de que se culpó a miembros de los cuerpos de seguridad, el Congreso de los Estados Unidos aprobó $62 millones para ayuda de emergencia.

En febrero de 1982 uno de los involucrados confesó su culpa y mencionó a los otros implicados entre los que estaba el subsargento de la Guardia Nacional. Todos ellos fueron acusados por las muertes de las religiosas.

El 10 de febrero, el Presidente de El Salvador en un mensaje televisado informó que el caso estaba resuelto. Asimismo, dio a entender que el subsargento de la Guardia Nacional y sus hombres actuaron por cuenta propia y que por lo tanto no tenían órdenes superiores. Concluyó diciendo que el gobierno tenía la convicción moral de que los acusados eran culpables.

Los días 23 y 24 de mayo de 1984, miembros de la guardia Nacional fueron encontrados culpables de las ejecuciones de las religiosas y sentenciados a 30 años en prisión. Por primera vez en la historia salvadoreña un miembro de las Fuerzas Armadas era inculpado de asesinato por un juez.

La Comisión de la Verdad concluye que:

1. Hay suficiente evidencia de que:
   a) Las detenciones de las religiosas en el aeropuerto fueron planeadas con antelación a su llegada.
   b) El subsargento de la Guardia Nacional recibió y cumplió órdenes superiores al detener y ejecutar a las cuatro religiosas.

2. Hay sustancial evidencia de que:
   a) El entonces Director de la Guardia Nacional, el Comandante del destacamento militar de Zacatecoluca, y tres oficiales más, entre otros, supieron que miembros de la Guardia Nacional habían cometido los asesinatos y con su actitud facilitaban el encubrimiento de los hechos que obstaculizó la respectiva investigación judicial.
   b) El entonces Ministro de Defensa no hizo ningún esfuerzo serio para investigar a fondo la responsabilidad en los asesinatos de las religiosas.
   c) El comisionado del cantón también supo y encubrió a los miembros de los cuerpos de seguridad que cometieron los asesinatos.

3. El estado de El Salvador falló en cumplir con su obligación,

estipulada en el derecho internacional de los derechos
humanos, por la cual debió investigar el caso, enjuiciar a los
responsables que ordenaron y efectuaron las ejecuciones y,
por último, compensar a las víctimas.

★★★★★

Voy en avión, querida amiga, y siento que las alas me
pertenecen a mí, que me hacen volar la emoción y el orgullo de ser
portadora de la fe en el cambio. Recuerdo una canción que mi madre
me cantaba cuando era pequeña y que siempre nos llenó de gozo a las
dos: Dicen que todo cambiará mi amor las aves cantarán.
    No sé por qué pero esa canción una vez me sacó las lágrimas,
y ahora comprendo que son lágrimas de alegría, de emoción al pensar
que uniré mi vida y la flor de mi amor a los desposeídos, pues sólo eso
llevo, la flor de mi amor, la que ofreceré a mis hermanos, y con ellos
marcharé, cantando, con ellos gritaré, cantando, con ellos me lanzaré
al futuro, cantando, con ellos enfrentaré al opresor, cantando, y mi flor
será más fuerte que los tanques, que las metrallas, que los helicópteros,
porque mi flor es de amor y no de odio como las armas.
    Así me enfrentaré porque mis padres me enseñaron la defensa
de los derechos humanos, la defensa del débil, y mis abuelos me
enseñaron el orgullo y el honor. Yo soy gringa pero también soy pipil.
Por mis venas corre la sangre de los irlandeses MacAllister de mi padre
y la de los salvadoreños González de mi madre. Él llegó de Dublín
y ella de San Salvador. Se conocieron y se casaron en Estados Unidos.
De ese amor nací yo.
    Por las ventanillas del avión observo el territorio
centroamericano sin fronteras, la gran patria, y pienso que nuestros
hermanos de aquí también merecen vivir en libertad, merecen ese futuro

que las canciones pregonan, porque ellos también son seres humanos como nosotros, son personas dignas como nosotros, y no merecen el mundo de ignorancia, de miseria y de abandono a que están sometidos.

Voy hacia el cambio, hacia la vida, hacia el amor. Confieso que el martirio de mis cuatro hermanas destruyó mi corazón pero iluminó mi fe y el camino que debo tomar hacia la entrega total de mi vida por los desposeídos. Si las amenazas de muerte se cumplen y encuentran mi cuerpo acribillado como el de ellas, te pido que no llores por mí. Al contrario, te ruego que rías, que cantes mi canción preferida, con alegría, porque aunque te digan que sufrí mucho cuando morí, será mentira, porque yo habré pasado a otra vida, a otra etapa de la felicidad donde sólo existe la paz y el amor. Entonces, querida amiga, dile al mundo que no he muerto, que tampoco Ita, Maura, Dorothy y Jean han muerto, porque aún desde la tumba continuaremos ofreciendo al mundo la flor del amor, la fe y la esperanza.

Hasta siempre mi querida amiga.

Alicia Borinsky

Parejita ideal

—Me enferma. Me da calentura en el alma y nada se
borra y nada me la cura excepto ese chasquido de la lengua en
mi oído porque el amor que tiene por mí sale directamente
del iPod. Siento su saliva y no me importa que sea de plástico
ni tampoco que su voz me llegue enmascarada con nombres
falsos que un día sea Lady Gaga y otro Juanes y otro cualquiera.
Mujer, hombre, niño, ¿animal?, la calentura es idéntica, Irene, es
igual a la de todos los días y por eso quiero que me ayudes a
encontrarlo.
   —Te haces la loca porque está de moda, te gusta ser
freaky, posar de trans pero en el fondo y la superficie se te
nota, se te ve la pena de exiliada zaparrastrosa, la bronca de
haber llegado tarde, cambiar de idioma, estar en fiesta ajena.
No te hagas la loca, querida. Aquí no hay público para tus
dramas. Lo que te hace falta es aprender idiomas y así algún
día vas a encontrar a ese tipo que acaso ande todavía perdido
en alguna estación de ómnibus, un aeropuerto o peor aún, de
vago en los bares de la frontera. Aprender idiomas para avanzar,
ser una ejecutiva, no estar condenada a trabajar entre ilegales
que te llamen chica para aquí y para allá. Rotos sin gramática.
Maquinitas sin engranaje. Aprender idiomas, querida. Ser como
yo.
   —¿Empleada de tienda?
   —Ejecutiva como la de Good Wife.
   —Esa no es una ejecutiva. Es abogada…
   —Cara de junta militar. Ojos desorbitados.

—No. Cara de ropa cara. Ojos bien maquillados.

APRENDA IDIOMAS
INGLÉS ALEMÁN ESPAÑOL
TODOS LOS NIVELES
PRECIOS MÓDICOS

Es el primer día de clase. Los instructores están nerviosos. Sacan de sus portafolios banderas de países disueltos, archivan himnos nacionales en desuso. Ocultan sus uniformes perimidos en baúles después de envolverlos cuidadosamente en naftalina porque nunca se sabe cuándo serán nuevamente necesarios. Basta con ver un poco de tele para darse cuenta de que con todos estos terroristas sueltos hará falta una mano dura y es preciso estar listo. Pero ¿qué hacer en este momento? ¿Cómo identificarse si aún no ha aparecido la remesa de nuevos emblemas patrióticos y se acerca el momento de celebrar la inducción de una nueva clase de estudiantes esperanzados en que el mundo es efectivamente grande y variado?

Los *Seniors* circulan por los pasillos como quien no quiere la cosa. Son cancheros, tienen *attitude* y lo prueban al practicar declaraciones amorosas y fórmulas de autopresentación en veinte idiomas. Saben que el detalle no interesa. Esta es una escuela actualizada donde no cuentan los idiomas idénticos a sí mismos. Aquí se practica un aprendizaje exaltadamente viajero, entrecortado, con el ritmo sincopado de lo mercantil.

Irene no está preparada para este triunfo antifilológico. Hace gárgaras para pronunciar bien el primer día de clase. Camina erguida, con elegancia de trans. Hoy quiso ser enigmática y tiene un aire definidamente francés aún cuando no sepa una sola palabra. Lapicito afilado, tableta en la cartera, mira ansiosamente a los *Seniors* y se pregunta si será él el de la gorra que le tapa los ojos o acaso la de la burka y por qué no el otro que es tan alto que seguramente está sobre zancos. Podría ser cualquiera y se excita, quiere aprender la palabra voladora, entrar en cada paisaje local, le dan ganas de bailar con los ancianos y las adolescentes pasadas de peso. Le dan ganas de Zumba de mezclar las cosas, saltearse banales historias de mamá y papá.

Naturally, los instructores han sido espías en el pasado. Pobrecitos. Ahora que todo se sabe no hacen falta pero como han servido durante años a varios dueños tienen el adiestramiento perfecto para transmitir la palabra voladora que en un instante evoca un barrio y después se posa, burlona en otro de algún lugar lejanísimo.

El mejor alumno se llama Damián y sabe que es bueno porque cuando practica con Fiona, una turista inglesa de origen maya ella lo entiende con ternura.

—Date vuelta, je, te demande *because I need you* inmediatamente.

—Coño, man, esto está *hot, you know ich been* loca *for you.*

A Damián se le nota la experiencia y sobre todo la satisfacción porque los pantalones le caen bien. sus caderas los sostienen a fuerza de convicción lingüística. Darse a entender le ayuda a pararse mejor y sabe que al final conseguirá algo que desea.

Fiona sospecha que deberá dejarlo pronto porque a ella nunca le han gustado los mecánicos y con intuición maya ha intuído que el único vocabulario verdaderamente elocuente de Damián es el referido a partes de automóviles y aunque los aplique por ahora a su cuerpo sabe que los estertores de la práctica pronto deberán terminar. hay algo en la grasa del taller que la inhibe y la asuste. No es falta de amor, exceso de imaginación, Irene. Eso es lo que me parece.

Fiona sabe descifrar jeroglíficos mayas y todos los días después de clase regresa a una modesta vivienda donde una tía galesa la espera con tortillas de choclo rellenas con ingredientes tan desmenuzados que es imposible saber si hay allí algún honguito milagroso. Tendrá que esperar hasta más tarde cuando ya no importe porque total sola en la cama.

No vayas, a la feria, Irenita, porque te van a meter el perro, te van a hacer el cuento del tío, Todavía no sabes inglés. Todavía te falta una vuelta de tuerca que te asegure un lugar, techito propio. Te van a rementir, enredarte con propuestas turbias, entremedio cuidarás niños ajenos, te crecerá el vello y sin dinero para un waxing tu vida se volverá hirsuta y sin sentido. Te pido que no vayas porque tu aventura allí será triste y adocenada. A esas chicas las vemos después tiradas por la calle. Te aconsejo sacarte los *hot pants*, ocultar tu culito para una ocasión especial que compartirás con él cuando lo encuentres pero te garantizo que lo del iPod no le va a gustar. Mejor ponerse aros en las orejitas.

—¿Y con todo fuiste igual?

—Con Fiona que se las sabe todas.

—Para mí que estás cambiando. Te gusta la academia, te gusta Fiona y por ahí están empezando a gustarte también los instructores.

MUJERES BIENVENIDAS
WELCOME LADIES

Casi no nos dejan entrar. Fiona venía vestida de mecánico y como me llevaba del hombro creyeron bueno creyeron lo que querían. Esa parte de la feria de mujeres solas nos aturdió. Demasiadas voces desgañitadas. Demasiada algarabía de niños por todos lados y esas canciones de amantes despechados tanta dulzura tirada al vacío tantas historias ajenas. Tomamos leche. Comimos chocolate. Ordeñamos una vaca porque en esas ferias campestres casi te obligan a ser del lugar. Me entendí con todo el mundo como si hablásemos el mismo idioma. Y por un rato dejé de escuchar el tintineo de su ausencia en mi oído.

■ Y, ¿cuánto tiempo pasaron allí?
■ ¿A quién le interesa? A quién te pregunto porque mientras nos
entreverábamos en un tango dejé de buscarlo dejé de sentir el hueco de su ausencia porque Fiona me guiaba con una marca segura y yo hacía mi firulete, dibujaba en la tierrita de la feria mis mejores figuras.

Muy triste, amigas mías, el fin de esta historia para nosotras porque ya no asistiremos más a las fiestas de la academia ni nos adentrarémos en los zigzagueos de las calificaciones pero no para Fiona y nuestra Irenita, pan de dios, serenidad, parejita ideal vestida de todos los deseos y sin ninguna ilusión de cambio. Como trompitos bailan en nuestros sueños ellas dos. Elegantes, Imposibles. Políglotas.

José Castro Urioste

La llamada

Casi medianoche. Vuelves a mirar el teléfono. Está ahí,
reposando en la mesita de tu cuarto. Casi medianoche. No te
atreves a levantarlo. Lo miras. Luego miras el reloj que está
en la cómoda. Ellos deben estar esperando tu llamada. Quizás
Amanda, tu mujer, esté sirviendo la comida y los muchachos
anden jugando en el patio trasero de la casa. Casi medianoche.
Tus ojos se clavan a la ventana: hoy ha hecho un frío del carajo.
Y ese frío se nota en la calle: nadie camina desde hace horas,
los árboles han perdido hasta la última hoja, y en la pista y las
veredas se ven unos manchones blancos de la nevada de hace
tres días. Sí, no falta nada para que sea navidad. Tu primera
navidad en New Jersey. La tele anda encendida en la sala. No
tienes ni idea de lo que están pasando a pesar que pusiste uno
de los canales en español. Solo escuchas desde tu cuarto un
ruido que resulta amorfo pero te hace compañía. Te acercas a
la ventana y al pararte al lado de ella sientes un poco de aire
frío que se cuela dentro de tu cuarto. Pones tu mano ahí, en la
rendija, tratando de cubrir el aire. Si supieran ellos de ese frío.
Si supiera Amanda. Si supieran tus hijos. Cuándo en Lima un
viento helado se iba a colar por una ventana como si fuera una
fuga de gas, cuándo había que sacarle la escarcha al parabrisas
del carro por la mañana, cuándo había que estar pendiente de
la calefacción. ¿Cómo llegaste a eso, Rubén? ¿Cómo llegaste
hasta aquí? Jamás lo pensaste, jamás lo soñaste. Y te acuerdas
cuando tu hermano Francisco te propuso abrir una tiendecita

para vender repuestos de carros. Sí, cómo te acuerdas de esa tarde. Cuántos años ya hace de eso. Él había visto un local que se alquilaba en la Avenida Iquitos, y no pedían mucho para el alquiler. Y por todos los alrededores de la avenida había talleres de autos. El que menos caería por la tienda, Rubén. Sí, te acuerdas. Tu hermano Francisco siempre sonriente, siempre convincente. Habría que tener un buen surtido de repuestos, te dijo. Sobre todo repuestos de Datsun, Volkswagen, Toyota, Chevrolet. Esas eran las marcas. Tú Rubén eras amigo de la mayoría de mecánicos que chambeaban en el área. Quién no te conocía. Con quién no habías tomado un par de chelitas. Y pasándole la voz a esos patas ya se tendría una buena clientela. ¿Qué decías? ¿Le entrabas a la chamba, Rubén? Y te animaste. Con tu hermano Francisco remodelaron la tiendecita. Pusieron armarios, cajas, archiveros, mostradores. Todo comprado en Tacora a precios ínfimos. Todo arreglado por ustedes mismos. Cómo te acuerdas de eso, cuánto tiempo ya. Pintaron la fachada de la tienda: la mitad de la pared en blanco y el resto en un azul añil tremendamente chillante. "Es un tono bien chuchumeco", dijo tu hermano. "Y esos son los colores que le gustan a la gente". Arriba de la puerta pusieron un inmenso cartel: "El Pistón Loco". Así le pusieron a la tienda. "Hay que hacer que todos nos compren a nosotros" decía Francisco, "hay que hacer que hasta el mismo Manco Cápac, el que está parado en el pedestal de la plaza, se baje de allí y venga un día al Pistón Loco a comprar bujías para su Celica ¿Te imaginas, Rubén, a un Manco Cápac con lentes oscuros y manejando un Celica con el acelerador a fondo?" Y para la inauguración del Pistón Loco invitaron a los mecánicos del barrio y destaparon varias cajas de Cristal y de Pilsen. ¡Qué tiempos aquellos, Francisco! ¡Qué tiempo aquellos, Rubén! En un año quién sabe cuánto se vendió. Fue la locura del Pistón Loco.

No había repuesto que no tuvieran. Abrían a primera hora, y eran los últimos en cerrar. Casi hacia fines del segundo año Francisco te dijo que qué tal si compramos el local, hermano, ya no alquilarlo sino que fuera de ellos mismo, vamos a medias, ¿qué dices, Rubén? Y lo compraron. Te acuerdas bien cuando firmaron los papeles. Te acuerdas de la sonrisa de tu hermano. Te acuerdas de la tuya. Se habían roto el lomo pero tenían su tienda. Es nuestra, Francisco; es nuestra, Rubén.

Miras la hora otra vez: un poco más y las dos agujas están una encima de la otra. ¿Qué ibas a decirles a tus hijos esta vez? ¿Qué ibas a decirles además del saludo protocolar de esta noche navideña? Le preguntarías a Amanda si llegó la plata que le habías enviado por Western Union, le preguntarías cómo les había ido a los muchachos en el colegio. ¿Habían pasado todas sus clases? Bueno, Rubencito ya estaba en la universidad. ¿Le había gustado su primer semestre? Y el enano de Paulín, tu hijo menor de cinco años, cómo se estaba portando. Amanda te había contado en tu última llamada que Paulín iba a salir vestido de San José en la ceremonia de clausura y que esa misma tarde iba a alquilarle un traje, con bastón y con barba. ¿Habría sacado fotos, Amanda? ¿Las podría escanear y mandarlas por Internet? Ese sería un buen regalo que podrías recibir para estas fechas: una foto de Paulín vestido de San José y una foto de todos ellos. Y piensas en la Amanda de hace casi veinte años. La que conociste cuando recién habían comprado el Pistón Loco. Llegó acompañando a su hermano, un colorado que parecía salido de Lurigancho que vino a preguntar por un cigüeñal para Volkswagen escarabajo. Ella hablaba poco, masticaba chicle, miraba de un lado para otro, masticaba chicle. Era flaquita, como las que a ti siempre te han gustado. Hacía calor y llevaba una camiseta sin mangas, unos pantalones cortos. Tú poco le conversaste esa vez. Pero

le hiciste un buen descuento al Colorado. Para que regrese
con su hermana, pensaste. Y el Colorado regresó después de
un tiempito. Esa vez necesitaba pistones, válvulas, cilindros,
todo de Volkswagen escarabajo. Te provocó decirle esa vez
que no había descuento por no haber traído a su hermana.
Igualito se lo hiciste. No sabías bien por qué, pero lo hiciste.
Y a las tres semanas se apareció ella solita. Todavía era verano.
Todavía llevaba camisetita sin mangas, pantalones cortos.
Todavía masticaba chicle. Lo rumiaba en realidad. Rumiando
te dijo que venía a buscarte de parte de su hermano porque
necesitaba unos repuestos y te dio un papelito. Había todo
tipo de repuestos de Volkswagen escarabajo, como siempre. Y
ella allí te contó la historia. A su hermano le robaron el carro
hacía un par de años y recién había recuperado solo el chasis,
y ahora estaba armando el motor de a pocos. Entonces se te
ocurrió decirle que cuando fuera a registrar el número de
motor que te avisara porque tú podrías darle un mano (siempre
y cuando ella regresara, pensaste). Y el Colorado reapareció por
el Pistón Loco. Sí, hermano, te dijo, inscribir el número del
motor era un papeleo de nunca acabar, y un dolor de cabeza
y pura coima. Ya había sobornado a más de uno y todavía las
cosas no estaban y lo único que quería era que se inscribiera el
número en el nuevo motor. Que vaina, hermano, te roban el
carro, te lo devuelven jodido, lo pones en orden, y ahora hay
que coimear hasta a los ministros solo para grabar el número.
¿Lo podría ayudar, Rubén? Su hermana Amanda había dicho
que le podría dar una mano. ¡Ah!, se llamaba Amanda, pensaste.
Después de tanto tiempo recién te enterabas de su nombre.
Amanda, bonito nombre. ¿Qué decía, Rubén? ¿Lo ayudaba?
Si quería, Colorado, él mismo, Rubén, grababa el número. Así
nomás, sin permiso ni nada. Tenía el cincel y todos los números
listitos para ser grabados. Nadie lo iba a notar. Ningún policía.

Se lo garantizaba. Iba a poder andar tranquilo por todo Lima. El Colorado aceptó. Gracias, Rubén. No te imaginas lo que es salir en el carrito de nuevo. ¿Cómo le podía pagar esto? Y casi al año y medio te estuviste casando con Amanda. Vaya pago que te hizo el Colorado. Claro, hubo un adelanto: Rubencito estaba en camino. Al principio los tres estuvieron en casa de los viejos. Tus viejos adoraban a Amanda. Pero el Pistón Loco era imparable. Contrataron al Colorado porque empezaron a abrir incluso los domingos. Y a veces venía la gente de los barrios pitucos a comprarles a ellos no solo por el precio sino porque siempre tenían todos los repuestos que el cliente pedía. Entonces soñar con una casa propia no era una ilusión. ¿Qué te parece ésta, Amanda? Quedaba en Pueblo Libre. A tres cuadras de la Avenida La Marina. "Pero está un poco lejos de la casa de mis papás", dijo ella abriendo una caja de chicle. Amanda era recontra pegada a sus padres, sobre todo a su mamá, quien también de rato en rato masticaba chicle. Tú pensaste que podría ser la oportunidad para despegarla un poco. "Una combi te deja en veinte minutos", le dijiste. "¡Qué son veinte minutos de separación de la casa de tu mamá! Y todos los domingos nos vamos a verla para que la ayudes en lo que sea. ¿Qué te parece, Amanda?" La convenciste, Rubén, previa hablada con el Colorado.

Tu mano que estaba cerca a la ventana empieza a cambiar de color. Te frotas, y el frío va pasando. Afuera todo sigue igual, inmóvil, congelado. Ya es medianoche y entonces finalmente te animas a agarrar el teléfono. De tu billetera sacas una tarjeta de llamadas pre—pagadas y marcas la recatafila de números, luego el prefijo de Perú, el de Lima, el número de la casa. Y esta última palabra se te queda dando botes en la cabeza. Alguna vez tuvieron una casa todos juntos, y tú estabas en esa ecuación de todos juntos. Una casa que tú mantenías con la ayuda de Amanda, una casa en la que los muchachos corrían de un lugar para otro y hacían sus fiestas de cumpleaños, una casa a la que llegaban tus viejos y los de Amanda, y tus hermanos y los de Amanda, y cocinaban un par de ollas de arroz con pollo y bebían cerveza Cristal. ¡Mierda, el teléfono anda ocupado! A esta hora, y en esta noche, todo el mundo debe estar llamando a todo el mundo. ¿Para qué carajo estuviste esperando hasta las doce si sabías que iba a dar ocupado? En fin, sería para decir feliz Navidad, cuando todos allá estaban diciendo lo mismo. Como si eso fuera a cambiar mucho tu historia de pasar estas navidades acompañado de un televisor encendido al que no haces caso. Das unos cuantos pasos y estás en la sala. Miras la televisión por primera vez y ahí anda ese animador panzón que se llama don Francisco haciendo el ridículo. Te sientas en el sofá. En la televisión un tipo canta espantosamente. Hay que estar desesperado por plata o tener mucha personalidad para cantar así de mal en público. Y don Francisco baila alrededor del tipo que canta hasta que suena una trompeta estridente y viene un fulano vestido de león que se lleva al cantante fracasado. La tele sigue y tú te vas olvidando de ella. La ves y no la ves. Piensas que en tres semanas será el cumpleaños de tu hija Ana Lucía. Ya va para los trece añitos. Parece mentira: trece añitos. ¿Qué te gustaría regalarle, Rubén? Ana Lucía nació cuando ya habían comprado la casa de Pueblo Libre. Sí, en esa época. Habías conseguido un préstamo a veinte años. Y la casa tenía mucho espacio, y mucha luz. A Rubencito también le gustaba y Amanda terminó acostumbrándose a los veinte minutos de viaje en combi hasta la casa de su mamá. El Pistón Loco seguía en buena locura. No creciendo, pero se mantenía. Daba para contentar a su familia, daba para la familia de su hermano Francisco, y también para el Colorado que era soltero. Pero tu hermano Francisco dijo que se hacía necesario tener un nuevo contador. Alguien que manejara mejor la cuestión de los impuestos, porque por ahí se los estaban comiendo. No era justo, Rubén, decía Francisco, uno ponía su esfuerzo en levantar un pequeño negocio y este nuevo gobierno se quería comer la mitad de las ganancias, ¿por qué no recortaban los sueldos de los diputados? Tu hermano Francisco contrató a Araceli Sandoval, egresada del programa de contabilidad de San Marcos, y con maestría, también en contabilidad, en la Universidad San Martín de Porras. Cuando la viste, pusiste ojos de líbido. Y te imaginaste encima de ella. Quien sabe si ella imaginó también lo mismo. Semanas después les tocó cerrar la tienda. ¿O ella se quedó hasta que tú tuvieras que cerrar la tienda? Cuando estuvieron a solas, no hubo palabras, no hubo titubeos, era una fuerza que se les venía desde adentro y en medio de pistones y válvulas y baterías se fueron contra el otro y rugieron los motores. Tenías treinta y cinco años y nunca antes habías sentido esa sensación por una mujer. Nunca. Instintos básicos, te dijiste. Nadie se enteró del romance. Ni tu hermano Francisco. Así se pasaron casi seis años. A escondidas, en secreto. Cómo te gustaba tenerla a tu lado. Instintos básicos. Casi seis años. Instintos básicos. A escondidas, en secreto. De pronto, una tarde te dijo que ya era hora que hablaras con Amanda, que ella, Araceli, tampoco se podía pasar así toda la vida. ¿Hablar con Amanda?, pensaste. Eso nunca fue parte del contrato implícito con Araceli. No supiste cómo reaccionar. Tú pensaste en tus hijos. Jamás los dejarías. No dejarías a Amanda. Tampoco. Pero cómo te gustaba tener a Araceli a tu lado. Instintos básicos. Y saliste con la mentira más fácil: "Ten un poco de paciencia". Una mentira que podría costarte cara porque le daba a ella una esperanza. Entonces con el tiempo Araceli vino a la carga. ¿Cuándo ibas a hablar con Amanda? ¿Por qué no pensaban en mudarse juntos? ¿Acaso no

se conocían suficiente? No respondiste. Y Araceli te enfrentó.
"Tú no piensas decírselo, ¿no?" Así te lo dijo. A boca de jarro,
a quemarropa. De tu parte silencio. "Se lo diré yo", dijo ella,
su segundo disparo y te dejó solo en el cuarto de uno de los
tantos hoteles que visitaban. No te quedó otra alternativa que
hacerle la consulta a Francisco. "Mira, hermano, la historia es
ésta". El se quedó boquiabierto. Jamás lo hubiera sospechado.
¿Casi seis años en ese plan, Rubén? Luego que le soltaste todo,
tu hermano permaneció pensando. "Tienes que escoger entre
una de ellas", te dijo. "Ya escogí", le respondiste, "y yo no
quiero dejar a mis hijos". "Entonces te toca hablar con Amanda,
antes que Araceli lo haga". Se lo contaste a Amanda. Y te botó
de la casa esa misma noche. Te odiaba, te odiaba con todo el
corazón. Viviste un buen rato en un hotelito por la Avenida
Canadá. Araceli se quedó sin trabajo y jamás supiste de ella. ¿En
dónde andará ahora? Toda la familia de tu mujer se enteró de
tus instintos básicos, y toda tu familia también. A pesar de eso
empezaron a interceder a tu favor. "Vamos, Amanda, Rubén
no era un mal tipo", le decía el Colorado, "ha metido la pata
pero no era un mal tipo". Ella te odiaba. Tú siempre veías a tus
hijos. Tratabas de llevarlos al colegio, de comprarles sus antojos,
tratabas que no faltara nada en la casa de Pueblo Libre. Entre
una ida y otra, y entre tanta cantaleta familiar, Amanda terminó
aceptando que regresaras. Pero siempre quedó archivada en su
memoria la sombra del engaño (aunque nunca supo que fue
por casi seis años). A eso había que agregar que fue con una
mujer de veintitantos, y a eso había que agregar que tu esposa
ya bordeaba los cuarenta. Entonces Amanda tenía sus pequeñas
revanchas insinuando que los chiquillos las preferían maduritas,
tan maduritas como ella, y a ti no te quedaba otra opción
que quedarte en silencio, pensar en el tiempo de los instintos
básicos.

Escuchas un chirrido en la televisión. ¿Qué pasó? ¿Se acabó el programa o habrá un problema con el cable? ¡Ah!, te estabas olvidando. Caminas un par de pasos y llegas a la cocina. Abres la refrigeradora: la botellita de sidra. La destapas, te sirves un trago. Siempre hay que brindar ¿no? Caminas otro par de pasos y llegas a la sala. Entonces bebes un trago de sidra y te dices a ti mismo: ¡Feliz Navidad, Rubén! Te sientas en el sillón, te encoges en él, cambias de canal con el control remoto. ¡Feliz navidad!, repites y miras al techo, hay un par de manchas de humedad: ¡feliz navidad! Suena el teléfono. Rubén, el teléfono está sonando. Y reaccionas y saltas. Son los chicos que están llamándote. Es navidad. Y el teléfono suena. Y corres los cuatro o cinco pasos desde la salita hasta tu cuarto. Y agarras el teléfono. "¡!Aló!" Del otro lado se escucha un muchas felicidades porque usted ha sido elegido para una instalación gratis de Direct TV, y por un mes puede también tener cable gratis, y el mes siguiente entrará en un sorteo para pasajes a Disneylandia para toda su familia. Cuelgas. Un sabor amargo. Miras la hora: doce y media. Es hora de un nuevo intento. Seguro que allá están comiendo. ¿Habrán ido tus suegros a la casa de Pueblo Libre? ¿Estará también el Colorado? ¿Seguirá él haciendo taxi en su Volswagen? Sacas la tarjeta de llamadas pre—pagadas. Y de nuevo la recatafila de números. Espcras. Ojalá que la llamada entre esta vez. Esperas. Carajo que todavía no entra. De nuevo haces otro intento. Nada. Entonces caminas cinco pasos y llegas a la sala, das una mirada a la televisión, caminas dos o tres pasos más, entras a la cocina, abres la refrigedora, a ver qué hay: unas sobras del chifita de anteayer, o quizás calentar ese arroz y meterle un huevo frito. Mejor tomarse otro trago. Cierras la puerta de la refrigeradora. Dos o tres pasos y andas en la sala donde dejaste la botella de sidra. Te sirves. Salud, Rubén. Te vuelves a servir y te acuerdas que Francisco habló por primera vez de Renusa al poco tiempo que dejaste a Araceli. ¿Qué es eso, hermano? Tú vivías en la luna. Con todas tus vainas familiares no tenías ni idea de lo que estaba pasando a la vuelta de la esquina. Y Francisco te lo dijo: es que están viniendo a Lima empresas muy grandes. Quien sabe si Renusa sea una de ésas. Vaya uno a saber. Lo cierto es que están abriendo un inmenso local en el Paseo de la República, un poco antes de llegar a la Avenida Canadá ¿No habías visto el letrero, Rubén? La verdad que no, tu solo habías tenido cabeza para pensar en que Araceli ya no estaba, en que Amanda de rato en rato te mandaba un dardo y de vez en cuando la veías en Internet buscando citas a ciegas con mocosos, y en que por suerte tus hijos estaban bien a pesar de la crisis familiar. ¿Y esa tienda Renusa nos puede afectar las ventas, Francisco? Ojalá que no, pero tú tenías que hablar con tus patas mecánicos, Rubén, para que ellos siguieran enviando a sus clientes al Pistón Loco, para que se mantuviera esa costumbre. Entonces hablaste con el Huaylas, con los hermanos Ordóñez, con Mauricio. Todos dijeron que no te preocuparas. Ellos eran fieles al Pistón Loco y mantendrían a su gente fiel al Pistón Loco. Al principio no hubo problemas de ventas. Lo suficiente para vivir tranquilo. La caída se sintió hacia el final del año, cuando Renusa empezó a ser conocida. Francisco se jalaba los pelos. "Es que esos pendejos de Renusa venden unos repuestos alternativos chinos a mitad de precio. Cómo competir, Rubén. Cómo mantener a nuestros clientes por más que los mecánicos le digan a su gente que vayan al Pistón Loco, que ahí tendrán los mejores descuentos. Cómo Rubén". Renusa tenía de todo, desde llantas hasta aceite, pasando por sensores, bujías, alfombras, y todo es más barato. "¿Qué hacemos, hermano? No te quedes callado y dime algo. Deja ya de pensar en tus polvos con la contadora y dime algo,

Rubén, dime algo". "Amanda, está embarazada". "¿Qué?"
Tu hermano se quedó mirándote fijo: ése no era el mejor
momento para aumentar la familia. "No había estado planeado,
Francisco, y parece que lo vamos a tener". Tu hermano volvió
a mirarte fijo: ¿Cómo iba a llamarse? Quizás Paulín. Francisco
te puso una palma sobre el hombro: "En nombre de tu hijo
Paulín, vamos a ganarle a Renusa", te dijo, "vamos a buscar
esos repuestos chinos y venderlos más baratos para mantener
a nuestros clientes y para que tu tercer crío tenga todo lo que
se merece". Buscaron a esos proveedores de repuestos chinos
por todo Lima, por el Callao, por el sur del país. La respuesta
fue la misma: Renusa tenía el monopolio. A mitad del año solo
había una salida para tener menos gastos. "¿No hay otra salida,
Francisco?", le preguntaste a tu hermano. "Es lo único que
podemos hacer para sobrevivir. Ya hemos perdido la mitad de
la clientela, pero nos queda la del barrio. Con ellos podemos
continuar con vida. Pero tenemos que hacer recortes".
Entonces despidieron al Colorado. "Lo entiendo", les dijo, se
encorvó un tanto, "por suerte tengo mi Volswagen y puedo
ponerme a hacer un poco de taxi".

Paulín nació riéndose. No llorando sino matándose
de risa. Era como si no estuviera enterado del mundo al que
llegaba, o como si tuviera el don de burlarse de todo desde su
nacimiento. También su nacimiento hizo que Amanda dejara
de enviarte dardos y dejara de buscar muchachos veintiañeros
por Internet. Parecía que de verdad se había olvidado de tu
vida con Araceli y que de verdad te había perdonado. Todos en
la familia hicieron fiesta por la llegada de Paulín y decidiste, a
no dudarlo, que el padrino fuera tu hermano Francisco, y de
madrina Amanda impuso a su madre. Por tres años vivieron con
las justas. A las justas con los pagos de la casa, con el colegio de
los chicos, a las justas con los pagos de la luz y el agua, y ya no

quedaba más. No había un centavo extra para instintos básicos. Porque, a fin de cuentas, las amantes cuestan. ¿En dónde andaría Araceli? ¿Habría venido también a los Estados Unidos? Varias veces soñaste despierto que la encontrabas en un supermercado gringo haciendo las compras de la semana. ¿Te hablaría? ¿Te hablaría Araceli después de tantos años? Y tú, ¿qué le contarías?

Era mayo. Lo recuerdas bien. Era mayo y Lima ya tenía ese cielo grisáceo invernal. Era mayo cuando le dijiste a Francisco que en el terreno ese a tres cuadras más abajo, ese terreno que eternamente siempre fue un baldío y en el que a veces, cuando eran chiquillos, jugaban pelota, allí mismo, te había parecido que estaban construyendo. "Ojalá que sean viviendas", dijo Francisco. En tres meses levantaron toda la construcción. Un local de dos pisos, color gris, con grandes vidrios. Renusa había abierto una sucursal. Cuando tu hermano lo supo, se sentó detrás del mostrador del Pistón Loco, apoyó el codo derecho en una pierna, se agarró la cabeza. "¿Cuánto iremos a durar, Rubén?" Viste en él unos ojos envejecidos, como si de golpe, en un segundo, todo lo que había vivido se le hubiera venido encima. "Tantos años chambeando", te dijo, "y hoy día no sé cuánto vamos a durar, hermano, porque ahora cualquiera del barrio que necesite un repuesto se va a ir tres cuadras más abajo". Volviste a hablar con tus patas mecánicos, pero ya ellos no te aseguraron nada. "Tú sabes, Rubencito, la gente se va por lo más económico y esos repuestos alternativos chinos se compran en centavos". Así y todo ustedes bajaron los costos hasta lo mínimo, casi ganando unas miserias. Así y todo, llegó la respuesta a la pregunta que se hizo Francisco. Fueron ocho meses. En ocho meses el Pistón Loco se fue a pique. "Hay que traspasar", te dijo tu hermano. "Pero quién nos va a comprar la tienda". "Yo ya hablé". Y le clavaste los ojos a sus ojos: "¿Con quién, Francisco?". "Con la gente de Renusa".

Y traspasaron el Pistón Loco a Renusa. Algo de plata te quedó, pero cuánto te iba a durar con la recatafila de pagos que tenías que hacer. Una familia con tres hijos y tu mujer que a veces hacía un cachuelo cosiendo una que otra ropita. ¿Qué voy a hacer, Francisco? Cuando se acabe ese billete, no ibas a poder pagar las cuotas de la casa, y el banco se la quedaría. No podías dejar a tus hijos sin casa. Además, ya tenías más de cuarenta años y solo sabías chambear en repuestos de carros. No podías ponerte a solicitar otro trabajo, ¿en qué? Entonces tu hermano te habló del Flaco Gutiérrez, uno que a veces jugaba fútbol con ellos en el colegio. Era más de la generación de Francisco que de la tuya, pero seguramente lo conocías. Uno alto, medio narigón, con los ojos un tanto torcidos, pero buena gente. "¿Y cuál es la nota con el Flaco Gutiérrez, hermano?" "El anda por Nueva Jersey", te dijo Francisco, "trabajando en repartición de periódicos y saca buena plata". El Flaco podría alojarte unos días en su depa mientras te instalabas allá, y darte unos contactos de chambas. "Ya después tú te abres paso". ¿Irse a Estados Unidos, Francisco? Parecía que no te quedaba otra: el Pistón Loco se fundió, en el Perú no hay chamba, y tú habías dicho que lo único que sabías hacer a tus cuarenta y tantos era vender repuestos de carros. Quizás sería mejor que primero tú te fueras solo y cuando te pareciera mejor, jalabas a toda la familia.. La casa la podría vender después el mismo Francisco. "Ahí está ese camino, Rubén: tú eres el que decides". Lo hablaste con Amanda, y ella al principio dudó. Eso de irse a Estados Unidos, lejos de su madre y de toda su familia no la convencía. Pero al final, después de veinte mil argumentos idénticos, ella aceptó. Y meses después tú tomaste un avión en Continental Airlines, llegaste con visa de turista a Nueva Jersey, conociste al Flaco Gutiérrez, empezaste a repartir periódicos a las tres de la mañana, y en poco tiempo se venció la visa y pasaste a engrosar la lista de indocumentados en Estados Unidos. La plata más o menos alcanzaba para pagar tus vainas de allí, para mandarle alguito a la familia, para ahorrar para los pasajes de todos. Así que en menos de un año le dijiste a Amanda que ibas a hacer las reservas para que se viniera. Esa vez, ella no dijo nada, y su silencio se te quedó en tus adentros. En una llamada posterior, le dijiste que tenías fecha para su vuelo: era el 24 de octubre, salían a medianoche y llegaban a Nueva Jersey a media mañana del 25, tú los estarías esperando en el aeropuerto con todas las ganas del mundo y ya para esa fecha te habrías mudado a un apartamento un poco más grande, nada como la casa de Pueblo Libre, Amanda, pero estarían cómodos, a los chicos les gustaría también. De parte de ella hubo de nuevo silencio. De pronto te dijo: "Rubén, yo no voy". Tú sentiste que el mundo se te caía. "Yo no voy". Antes ya la habías separado de su familia llevándola a Pueblo Libre, pero esta vez no iban a ser veinte minutos de combi. Era irse a otro país muy lejos. Con otras costumbres, con otra gente, y muy lejos. Quien sabe cuándo ella podría regresar a ver a su madre, y a toda su familia. Quién sabe cuándo porque así nomás no podría hacerlo. "No, Rubén, yo me quedo en Lima".

Ya no te mudaste de apartamento A ratos has pensado que Amanda nunca te perdonó lo de Araceli. Siempre le quedó guardado el deseo de devolverte el golpe. No lo pudo hacer encontrando un amante jovencito para echártelo en cara. Entonces se quedó esperando a que llegara el momento. Y ese fue el momento. Tu familia no iría verte, y tú, como eras ilegal no podías salir de Estados Unidos porque jamás te permitirían el reingreso. A ratos, piensas que Amanda fue sincera. Que realmente era incapaz de dejar a su madre, a su padre, a toda la parentela. Y que ella en Nueva Jersey se moriría de tristeza a pesar de los miles de peruanos que hay por ahí. Salud, por estas navidades, Rubén. Sigues sentado en el sofá, y en la televisión dos fulanos se carcajean. Jamás imaginaste que tu mujer y tus hijos se convertirían en una foto que tienes en la mesa de noche, en las que te envían por Internet, en una llamada semanal. ¿Y qué hora es? Casi las dos de la mañana. Deberías probar de nuevo con el teléfono, aunque Paulín ya estaría durmiendo. Marcas todos los números de la tarjeta, los prefijos, el número de casa. Ojalá que entre la llamada. Ojalá .Sí, está timbrando. Vamos, que alguien conteste. Vamos, es veinticinco de diciembre y seguro que están despiertos. Vamos, es Navidad. Que contesten porque es Navidad y ése es el único regalo que has soñado.

Mirta Corpa Vargas

Casa Blanca

It is just another corner in an impoverished neighborhood, where gangs are the most influential institution and misery is the only industry that thrives. But to the homeboys on the Eastside, it is a lot more.
David Ogul, *The Press—Enterprise*, Riverside, California, June 28, 1994

Abrió la puerta de calle y, sin pensarlo dos veces, aspiró hondo el aire contaminado del somnoliento lugar. ¡Tan temprano!… Ya escuchaba la voz altanera de don Paco, el héroe, siempre entregado a satisfacer los deseos de su fiel clientela. Él, por el contrario, no era amigo de andar conversando con la gente, de contarle penas al mundo o de argumentar los acontecimientos del día. Por eso, y sin más remedio, se dedicó a la ardua tarea de esperar a que las vecinas desaparecieran. Sí. Es verdad. El barrio necesitaba mano de hierro y el dueño de Nuestro Mercado, parecía la persona indicada. En este sentido, don Paco, se constituía en un ejemplo de vida. Una persona que, de acuerdo con la voz popular, había abandonado su tierra natal en aras de un empedernido altruismo. Pero, Juan Diego, no estaba convencido de que las hazañas del comerciante, tuvieran algo que ver con la realidad de los hechos. Él, por otra parte, se creía un perito en la interpretación de los efectos y consecuencias del sufrimiento. ¿Cuántos libros había leído Juan?

¡Un montón! Ni los podía contar. Don Paco… ¡Nada de nada! Es más, el viejo nunca había demostrado las agallas necesarias como para poder solucionar las cosas que pasaron y las que, sin ninguna duda, iban a pasar. ¡Esto no tiene salvación! Es imposible extinguir las llamas del resentimiento, de la injusticia, de la maldad, de la inconsciencia. Un aletear de párpados desfiguró el semblante del joven. Por un instante, admitió que le había dado rienda suelta a su cruel filosofía; un hábito que lo desarticulaba; que lo ponía de mal humor; que lo acercaba cada vez más al pecado de sus sueños. En verdad, cuál era el delito que don Paco podía haber cometido: ¿jugar el papel del padre que él nunca tuvo? Y de la madre ¡ni hablemos!, alegaba don Paco sin cesar. Berta había caído en Villa Madero no se sabía cómo. Importada de Alemania y muerta de hambre, se entregó descaradamente a las atrocidades de la vida. Las garras promiscuas de la mujer estrujaron sin escrúpulos el endeble corazón del padre de Juan. Nada ni nadie había sido capaz de persuadirlo. ¡Esa cualquiera no es para ti, Pedro! ¡Tu hijo, pobrecito! ¡Mi nieto: a la deriva! ¡No tienes sentimientos! Una noche de borrachera le puso fin a la yunta nefasta, y, así, Berta y Pedro volaron a los terrenos difusos de la eternidad. La Nona, Guadalupe Guerrero de León, se ocupó de trasplantar al niño desvalido. Y de esta manera, Juan Diego, aterrizó en *the largely Hispanic Casa Blanca neighborhood*. Desde ese momento, el pequeño intentó moldearse al desengaño continuo de un nuevo territorio; se subyugó a la realidad de no sentirse; se embarcó en el palpitar sublime de su notoria inexistencia.

Don Paco ya lo venía observando. ¡La estampa de la madre! Rubio, alto, flaco y desgarbado, se dijo el hombre. Y apenas Juan hizo pie en el local, lo atajó distraídamente con una benévola sonrisa:

—¿Qué se te ofrece, güerito?

—El periódico.

—¿Las *news*? ¿Pa qué? ¿Que no oíste la balacera last night? Mira esto:

The 1200 block Crips took the unprecedented step of joining forces with the predominantly Hispanic Tiny Dukes, an Eastside gang that police say is the most violent in the city...drive—by shootings were occurring on a nightly basis.

—¡Démelo!, don Paco.

—¿Un pan dulce, también?

—No. Gracias.

—María te busca.

—¿Y qué?

—No sé. Habla de la vieja.

—Bueno.

—¿Y los bártulos de la Nona?

—Siguen allí.

—¡Van pa tres años, Juancito, tres años!

—Aunque diez, don Paco, aunque diez.

Juan Diego esbozó una mueca insólita, perdida y desarraigada; esta vez, los ojos tremendamente azules perforaron la figura ampulosa de don Paco y, en un dejo de indiferencia, se dio la media vuelta y se esfumó en la atmósfera perniciosa de la Madison Street.

La noche lo había tomado desprevenido. *The Press— Enterprise* se desparramaba sin control sobre la mesa. La botella de vino, vacía, descansaba solemne en el maloliente hervidero de platos sucios.

Juan Diego se había enrulado en el desvencijado sillón de siempre; y, alentado por la siniestra oscuridad de la habitación, fijó la vista en el baúl verde ribeteado en plata; un mueble señorial que no sabía adaptar su resplandor a la austeridad de la casa. De inmediato, se sumió en el acoso de una recurrente pesadilla. *Se veía corriendo por el canal. De traje negro, corbata roja, sombrero ladeado y zapatillas blancas, se dejaba llevar hacia la nada. El camino pedregoso y la mano derecha en el bolsillo lo maniobraban sin rumbo. Las aguas se deslizaban convulsionadas, acarreando a una Berta desnuda y ahogada en carcajadas. La voz de la Nona se escuchaba en el aire:*

—¡Hijo mío. No te acerques a esas aguas! ¡Qué peligrosas, hijo mío, qué peligrosas!

Una serpiente caprichosa se le había atado al cuello. Don Paco lo perseguía sosteniendo un cuchillo largo y brilloso… Magullando palabras disueltas en silencio. Edgar, muy vestido de blanco, lo esperaba en el naranjal. ¡Atrévete, Juancito! ¡Lárgate nomás! ¡La Nona no te ve! Una montaña gigantesca, intrigante, perenne y cubierta de pétalos de rosas rojas se le cruzó en el camino. La Nona, erguida en la cúspide, tarareaba:

—¡Cuídate, hijo mío! ¡El agua te alcanza! ¡No te dejes, Juancito, no te dejes!

¡Basta ya! gritó despierto. Y Juan Diego se acercó al baúl y comenzó el pudoroso desabrigo de su contenido: la Biblia, un misal, dos mantillas, tres decenas de un rosario; trapos gastados; un sombrero de paja, una manta al croché y la página 35 del *The Press—Enterprise* del 18 de marzo de 2000; en ésta, se leía:

Ten weeks, seven bodies. Since the beginning of the year, Riverside homicide have investigated nearly one slaying a week.

There have not been any particular patterns to the homicides, though several have been gang related, police said. In most homicides the victims know their killers or are engaged in a lifestyle that might lead to violence, such as prostitution or drug use, police said. It is unusual for a person to be killed by someone they do not know, police say.

Detectives say they have identified suspects in two the other

*cases. One man was stabbed to death outside a home on Picker Street
and another was dumped near an orange grove.*

Juan Diego se limitó a colocar todos los adminículos
en su sitio. Cerró la caja de madera en absoluto sigilo, y
en dos zancadas llegó al promontorio putrefacto. Atacó la
vajilla apestada con abundante agua y jabón. Claudicó ante la
maravilla espumosa y con ella se lavó las manos, la cara, los
brazos, hundió la cabeza una y otra vez en la frescura de las
aguas turbias y, después, las dejó ir por la tubería maltrecha.
Acudió al diario que había dejado abandonado. Lo puso en
orden: página 1, 2, 3, 4…y lo volvió a leer y leer hasta que se
quedó dormido.

Otro día, otra mañana, otro trayecto por la Madison
Street. La calle estaba desolada. Y Juan Diego se sintió a gusto.
El parloteo interminable de *Nuestro Mercado* aún no lo había
invadido. Tampoco se lo vislumbraba a don Paco. ¿Cómo era
posible que el gran maestro no se había atrevido, todavía, a
dirigir la orquesta diaria? ¿Y las viejas? las muy sabelotodo e
igualitas a don Paco, ¿dónde se metieron? Por primera vez en
sus treinta años de vida, se palpó distinto. Una ráfaga de luz
intentaba arrasarlo de las sombras. Y, Juan Diego, fortaleció sus
instintos: le pediría el periódico a don Paco con toda energía.
Él no tenía por qué acobardarse y dejar que ese entrometido
se lo llevara por delante. Él quería leer el periódico ¡en paz! Él
no necesitaba que el portavoz de la colectividad le cantara las
noticias. Él no le iba a contestar ninguna de sus tergiversadas
preguntas. ¿Dónde están los bártulos de la Nona? ¡A Ud. qué
le importa!, le hubiera dicho. Don Paco era una molestia, se
convencía. Por supuesto, él haría algo al respecto.

La tienda permanecía cerrada. Juan Diego aplaudió la puerta

de entrada con las palmas de las manos. De inmediato, se lo
divisó a don Paco aproximándose con dificultad; algo así como
si tratara de sortear las tinieblas de un lejano amanecer. Con el
manojo de llaves en la mano y un sabor amargo en la boca, don
Paco le cedió el paso:

—*Hi*, güerito. ¿A qué te viniste por aquí?

—El periódico, don Paco.

—¿El *newspaper*?

—Sí, como cada mañana. Ud. lo sabe.

—No hay más, Juancito, *all gone*.

—¿Y eso?

—No sé. Pero te tengo una nueva que te va a hacer *happy*.

—Qué nueva.

—La encontraron a la Nona.

—¿Dónde?

—Por allá, vagabundeando en el *orange grove* del canal.

—¿Y cómo sabe Ud. que es la Nona?

—¡Porque es ella! La desdichada iba hablando sola. Cargaba
un rosario quebrado entre los dedos. Lloraba y reía *at the
same time*.

—¿Quién dijo eso? ¡El periódico!

—No, mi hijo, no. María la descubrió.

—¡No soy su hijo!

—¡Cálmate muchacho! Piensa que la Nona está viva.

—¡Eso es imposible!

—¿Por qué, Juancito?

—¡Porque sí!

—María se la trajo a su casa de ella. Y la cuida, le da de
comer…

—¡Eso es imposible!

—¿No quieres que la Nona esté de regreso? ¡La Nona está
viva,

Juancito, está viva!

—¡No, no y no!

—¿Está muerta, entonces?

—¡Sí!

—¿Por qué dices que está muerta, Juancito?

—¡Porque yo la maté! La vieja bruja no paraba de rezar. Un día que se
paseaba por la casa recitando su Rosario, la acuchillé: en el pecho, en la espalda... La corté en pequeños trozos de Nona, y en dos bultos la arrastré al canal. ¡La Nona está muerta! ¡Yo la maté! ¡Yo la enterré entre las raíces del naranjo más florido! ¡La Nona no está viva porque yo la maté!

Los detectives entraron al establecimiento en concordancia con lo planeado: ya tenían la confesión del asesino de la Nona. Don Paco levantó la cabeza y, con los ojos llenos de lágrimas, se apartó del miserable. Los oficiales formaron un círculo en torno al cuerpo inapetente del criminal:

—¿Es Ud. Juan Diego? — le preguntó uno de ellos.

—Sí, señor.

—*Sir, you are under arrest for the murder of Guadalupe Guerrero de León.*

— Lo siento, Juancito, lo siento —balbuceó el bueno de don Paco. Y lo vio alejarse, acompañado de la Divina Justicia. Sin mayores contemplaciones, Francisco Montoya, el reconocido don Paco, cercó la puerta de *Nuestro Mercado* y le pegó dos vueltas de llave. El alma de *Casa Blanca* se había decretado en un completo estado de duelo.

Ricardo Chávez Castañeda

Y sobrevivir con las manos abiertas

Para Katarzyna Beilin

Una ventana; junto a la ventana, una mecedora; en la mecedora Kata mirando el lecho donde duerme el niño de brazo roto. Kata de negro, azul y gris — negra de pelo, azul de ojos y gris de piel— no se balancea en la mecedora. Aunque ella lo hiciera, no habría modo de saber si se impulsa de atrás para adelante o de adelante para atrás, porque hay objetos — como la mecedora— que no saben revelar la dirección del tiempo.

Una nube cruza la ventana de derecha a izquierda y la mano izquierda de Kata se suelta de la mano derecha de Kata, y entonces Kata se queda con sus dos manos vacías.

Acaso ella estará viendo ahora no el paso de las nubes por el exterior de la ventana sino, por el interior de su cabeza (de izquierda a derecha o de derecha a izquierda), el paso lento de un triste pensamiento que nunca antes había pensado: "Ayudar de verdad" si la reflexión va de izquierda a derecha o "(La) verdad de ayudar" si la reflexión va de derecha a izquierda. Y luego la más triste de todas las ideas cayendo en picada desde la cabeza hasta su corazón: "Imposible".

No es la primera vez que Kata está naciendo. Ella ha nacido muchas veces… como todos nosotros. Se nace a la vida y luego vamos naciendo a las cosas de la vida: el primer llanto, el primer amor, la primera vez que el género humano nos decepciona y la primera vez que nosotros decepcionamos a nuestra humanidad.

Es cierto, Kata ya no es una niña ni tampoco es adolescente, pero ella aún sigue acumulando nacimientos. Por ejemplo, hace unos años dio a luz a un niño y entonces ella nació como madre. El mes pasado, incluso, nació como "madre que sin querer fractura el brazo de su hijo", lo que es un nacimiento muy infrecuente entre las madres: subir a un juego de feria con el niño de tres años y, después de tres minutos, bajar del juego cargando al lloroso niño porque el peso de un cuerpo adulto a veces no debe acercarse tanto a un levo peso infantil, así sean madre e hijo.

Ese es el problema. Nacemos también para las desgracias de la vida — la primera vez que perdemos a un ser querido; la primera vez que permanecemos inmóviles con las manos abiertas sin poder ayudar a alguien— porque ellas, las desgracias, también son la vida.

Hace muchos años que esta Kata de hoy, quieta en la mecedora, nació a la conciencia de que hay nacimientos que no son fáciles de entender. Tales nacimientos no aparecen simplemente del lado bueno de la vida como la primera vez que dio un beso o del lado malo como la primera vez que intentaron besarla contra su voluntad. Más aún, sabe ella que la gran mayoría de las cosas de la vida no nacen por sí solas hacia la gracia o hacia la desgracia. En principio no es posible anticipar adónde nos llevará o adónde llevaremos nosotros eso para lo que recién hemos nacido: hacia lo bellamente inolvidable o hacia lo tristemente inolvidable. Acaso es éste el asunto esencial: comprender que no basta con nacer. Una vez nacidos para aquello que no existía antes en nuestra vida, todavía resta esperar la maduración como se ensanchan los frutos en la rama de un árbol o se multiplican los pétalos en una flor a fin de entender aquello en lo que nos hemos convertido. Ése es el otro hecho esencial: todos los verdaderos nacimientos nos cambian.

La primera vez que un libro te cambia la vida es un nacimiento para el que Kata no había nacido sino hasta hace unas semanas. No deja de ser extraño si se piensa que, desde que Kata tiene memoria, se recuerda con un libro en las manos y se recuerda rodeada de libreros por cada pared de su casa y por cada pared de su inteligencia. Ella ha leído tantas palabras como para —si quisiera— llegar a la luna poniéndolas una junto a otra y subiendo por ellas como si fueran una escalera. No es que Kata no hubiera sido capaz de llorar nunca sobre un libro; no es que sus manos nunca hubieran sido capaces de adelgazar páginas y borronear la tinta de los renglones por tanto releer sus historias preferidas; no es que nunca jamás hubiera sido ella tan atractiva como para que ciertas frases de los relatos levantaran el vuelo desde el papel y, como aves en migración, se mudaran a su cabeza y anidaran allí para siempre. Kata sabe por experiencia propia que los libros pueden llevarte a partes del mundo a las cuales no es posible llegar por los caminos reales del mundo, y sabe que pueden ponerte en relación con personas que no existen pero merecerían existir, y sabe que pueden despertar zonas de tu corazón que no se habían estrenado todavía. Los libros la han hecho sentirse más de lo que era, pensarse más de lo que era, creerse más de lo que era, pero en realidad nunca la habían hecho ser más de lo que era antes de poner sus ojos en el último libro que ha leído.

Lo dicho: hace unas semanas, ella no había nacido para esto: para ser vuelta de revés igual que los calcetines o los guantes por leer un libro. Hace unas semanas, entonces, su existencia entera se dividió en "antes" y "después" por gracia o por desgracia de un volumen de cuentos titulado "Y sobrevivir con las manos abiertas".

Lo no dicho: Kata antes del último cuento del libro y Kata después del último cuento del libro, porque aquello que le torció la vida ni siquiera fue el libro entero sino apenas la última historia. Kata antes de ese cuento; Kata después de ese cuento. Antes, después; antes, después; antes, después.

La verdad — y éste resulta ser el gran secreto— es que para entender las "historias de nacimiento y maduración a las cosas de la vida" no ayuda mucho seguir el orden natural del tiempo. Es decir, no ayuda respetar el giro natural de las manecillas del reloj ni el desplazamiento lógico de los ojos en un libro. Es decir, no ayuda llevar las manecillas ni la mirada de izquierda a derecha porque con las historias de nacimientos no ayuda sumar, pues nada se entenderá sumando incidentes o sumando horas: las diez, las once, las doce… Sucede que seguir la dirección normal del tiempo hace bien difícil entender lo que era Kata antes de que ella naciera para ser la Kata de hoy. Quiero decir que no sirve relatar la historia como disparando una flecha, porque entonces la flecha se aleja vertiginosamente del arco — que en su cuerda y su madera— es el "antes".

Doce, once, diez, nueve, ocho, siete, seis… así, de regreso, de vuelta, en sentido contrario, a la inversa, así es como deben narrarse en ocasiones las historias, sobre todo tratándose de historias de nacimiento, haciendo que la flecha regrese hacia el arco que la disparó, hacia el arco que entonces irá acercándose y agrandándose frente nuestros ojos con todas las perfecciones y las imperfecciones de su cuerda y su madera. Relatar de adelante para atrás, de derecha a izquierda, de este día del calendario hasta ayer y hasta antier y hasta cada día pasado que en su retroceso nos llevará hacia el preciso día de hace semanas en que Kaya leyó el cuento llamado "El hombre que no recordaba la felicidad"

Contar su historia haciendo entonces que los relojes suenen tac tic, tac tic, y que las gotas se levanten del suelo y suban como diminutos globos de agua cada vez que llueva, para saber quién era Kata antes de ser la mujer que ahora está en la habitación de su hijo, sentada en la mecedora, frente a la ventana, mirando pasar nubes o pensamientos, y que justo en este instante se inclina y extrae del cesto de la basura el libro intitulado "Y sobrevivir con las manos abiertas"

Doce, once diez.
Kata se levanta de la mecedora, camina de espaldas alejándose de las nubes y de las ideas que cruzan de derecha a izquierda la ventana, da once pasos invertidos en dirección a la puerta que se abre sola antes de que ella la toque. Entonces Kata mira a su hijo dormido de brazo roto, enyesado y en cabestrillo, quien duerme profundamente en la cama, antes de salir ella con el libro fuertemente abrazado contra su pecho.

Once, diez, nueve.
Un avión agrandándose desde el horizonte como una flecha que regresa por el aire, volando de cola el avión para recoger con su reactor el humo blanco que ensucia un cielo cada vez más azul, y, adentro del avión que cruza hacia atrás el mundo, sentada junto a la ventanilla, en el asiento 23C, Kata, Kata negra, azul y gris, con sendos brillos en las mejillas y los brillos son dos lágrimas que suben despaciosas desde las comisuras de sus labios reflejando el sol y entonces son dos soles minúsculos los que ascienden por sus mejillas para acabar entrando por sus ojos como si quisieran colmarlos de luz.

Diez, nueve, ocho.
"¿Qué estoy haciendo aquí?", se pregunta Kata con

los ojos cerrados, temblando, oyendo murmullos que no comprende, y sufriendo el sol y las moscas como una sola sensación, moscas de sol posadas en cada centímetro de su afiebrada y humedecida piel, y mordiéndola, mordiéndola.

Tiembla con los ojos cerrados y luego se atreve a mirar. Está ella entre mucha gente. Todas las personas junto a Kata rodean un ridículo tonel. El tonel está lleno de arena y de allí sobresale una máscara. Parece ser una máscara de arena modelada en altorrelieves. Debe de ser una máscara. Los ojos están abiertos pero no miran. La máscara tiene los orificios de la nariz también llenos de arena y una boca entreabierta que no podría hablar aunque quisiera porque de allí saldrían palabras de arena, lamentos de arena. La máscara, debe de ser una máscara, tiene cortes en las mejillas, pero es bella como una escultura.

Lo último que ve Kata antes de ser empujada por las personas que rodean el ridículo tonel, echándola precipitadamente de allí, es que también aquel pelo rojo de la máscara parece hecho de arena.

Lo último que alcanza a pensar ella es que nunca había visto, como dijo el ruso, una expresión de la más pura tristeza.

Nueve, ocho, siete.
—Sí, había una mujer así— le dice a Kata un hombre requemado por el sol antes de que ella le muestre la fotografía y le pregunte si la ha visto.
—¿La ha visto?
Kata camina con la fotografía por las calles desdibujadas de ese pueblo perdido en los confines del mundo, pero la gente apenas tiene tiempo de levantar la cabeza y negar con un vago movimiento, ocupados como están todas esas mujeres y todos esos hombres en ir metiendo entre los escombros cosas que deben de serles queridas: algunos collares, estropeados álbumes

fotográficos, una caja musical que chorrea borbotones de agua, pero, a veces más incomprensiblemente, poniendo sobre los escombros, entre varias personas, con mucho cuidado, el cuerpo de alguien que se les parece, sólo para irlo cubriendo después con pedazos de silla, con montones de vidrios rotos (que les curan sorprendentemente las muchas heridas frescas de sus manos), con pesadas piedras que les amontonan encima a fuerza de movimientos desesperados y violentos como si quisieran olvidarse de ellos lo más pronto posible.

Kata se aleja y se acerca a pobladores sucios y aparentemente malheridos ocupados en la misma labor de olvido; se acerca y se aleja con la fotografía en las manos de una joven que de tan joven parece niña, hasta que topa con uno de los escasos muros que quedan en pie en el pueblo y, sin pensárselo mucho, pega allí el retrato, entre muchas hojas similares que también muestran rostros humanos: niños, ancianas, hombres. Los papeles fijados malamente al muro oscilan por el viento antes de que muchas personas los retiren delicadamente de allí, justo a tiempo para que Kata alcance a ver que al pie de los retratos se reproduce garabateada una misma palabra que ella no entiende pero ante la cual ella murmura "ayúdame", "ayúdame", como si de verdad Kata fuera capaz de traducir un idioma que no conoce. Por segunda vez los ojos de Kata topan con el rostro de una joven de pelo rojo que está adherida en una de las esquinas del muro pero esta vez Kata no la reconoce, y comienza a alejarse lentamente con las manos vacías.

Ocho, siete, seis.

Es como una lluvia al revés. Diminutas gotas todavía sucias se condensan en el suelo, se redondean como perlas líquidas, y luego ascienden ya limpias por las ropas largas y excesivas, por las manos, por los cuellos, hasta llegar a los ojos. Es la lluvia humana de estas personas rojas de piel y miel de ojos y castañas de pelo que no se parecen a Kata. No es por eso que Kata —negra,azul y blanca— no se les acerca. Ellos abren la boca para recoger lamentos que andan aullando lastimeramente por el aire, ellas se pasan las uñas por la cara para desaparecer mágicamente los rasguños que las lastimaban, las niñas y los niños hacen que cordones de mocos salgan milagrosamente de sus bocas y suban hasta las ventanas de la nariz y allí desaparezcan.

Ella no sabe cómo acercarse a gente tan mágica y milagrosa.

Todos ellos repiten una palabra como sortilegio para llevar a cabo tales prodigios. Son palabras que Kata no entiende, que Kata no conoce, que a Kata no le sirven porque ha intentado repetirlas y nada pasa. Kata no sabe que son nombres. Ella sólo tiene la palabra "ayudar". Es lo que piensa obsesivamente: "ayudar", "ayudar", "ayudar", "ayudar". Pero sus palabras carecen de magia y entonces nada entra por su boca, nada entra por su nariz, nada entra por sus ojos.

Al final Kata parece decidir que nada tiene que hacer en ese triste país porque empieza a quitarle ropa a la gente, monedas, comida y va echándolas a su maleta hasta que ya no queda nada suyo en las manos agrietadas y curtidas de esta gente que la mira con ojos lluviosos; con ojos llenos de sol por las lágrimas que suben por sus rostros como hormigas líquidas con su líquido cargamento de luz y les ahogan de brillos la mirada.

Siete, seis, cinco.

Lástima que Kata se haya ido del pueblo justo ahora que, por segunda vez, el agua baja lentamente de los árboles adonde se había encaramado; justo ahora que se descuelga de los techos y se va retirando del interior de las casas mal construidas y mal terminadas. El agua está reuniéndose y yéndose de nuevo hacia las afueras del pueblo no sin ir ensamblando antes pedazos de madera y uniendo astillas y cosiendo jirones de tela y desdoblando tubos y recogiendo ramas que andaban sueltas de aquí para allá, con el fin de regalar a cada casa árboles frondosamente íntegros y ventanas de limpios vidrios y, junto a las ventanas, mesas y sillas para que los niños, las mujeres y los hombres, que venían flotando sobre el agua, se sienten a contemplar el momento maravilloso en que el agua termine de reunirse e, igual que hace un par de días, suba al cielo como una increíble muralla transparente y así, levantando sus manos líquidas, se despida el agua con un cariñoso y estruendoso adiós, y luego se vaya hacia el borrascoso mar de la distancia, y con la cariñosa ola se marche también, entre muchos y variopintos objetos, el tonel de madera flotando en la cresta hasta que la joven que de tan joven parece niña salga de allí y se sujete a la parte más alta de la más alta palmera para esperar, acaso, con su pelo rojo ondeando como sol, a que un sueño se cumpla y alguien venga a darle una mano.

Seis, cinco, cuatro.

Kata debe estar haciendo algo malo si ella entra en el aeropuerto de este país del confín del mundo cuando tanta gente sale como estampida de allí. Algo de veras malo si su maleta es la única maleta que gira en redondo en la banda transportadora del equipaje. Algo profundamente malo si el agente de aduana rojo, miel y castaño mira el retrato en negro, azul y blanco de su pasaporte y le pregunta tristemente: "¿Por qué?" Algo de veras malo para atravesar ella todo un océano en un avión donde nadie más viaja por regresar a su país también negro, azul y blanco.

Siempre son largos los retornos y es obvio que Kata no quiere dormirse. En el asiento 11 A del avión, junto al pasillo, sus ojos se cierran y ella los abre. Se cierran y ella los abre. Se cierran y ella los abre. Hasta que sus ojos se abren solos y ella grita y manotea, y finalmente ella cierra los ojos y duerme.

Duerme hasta volver a su patria. Allí ella desciende a su tierra negra, azul y blanca, busca un mostrador y da su boleto de avión, y una mujer le regala montones de billetes quizá como bienvenida. Parece que todos están alegres de su vuelta porque ahora es un hombre gordo quien le ofrece unas monedas y luego carga sus maletas hasta el taxi. De veras parecen felices de su regreso. El hombre del taxi le sonríe, le da otro montón de billetes, le abre la puerta del auto para llevarla desde el aeropuerto hasta una casa bien construida y bien terminada en el centro de esta ciudad que no conoce el mar y menos cariñosas olas que se levanten como murallas y se despidan estruendosamente.

La puerta principal de la casa produce un ruidoso aplauso y se abre para Kata.

Ella entra en una enorme casa que parece coleccionar espacios vacíos. Busca la sala, se sienta en el sofá, toma una tasa y vierte el líquido que tenía en la boca quién sabe desde cuándo. Entonces, con la boca libre, Kata puede hablar al fin.

—Ya he estado allí, llevo muchas noches estando allí.

Y luego.

—No lo entenderás.

Y luego.

—Sólo una semana.

Y luego.

—Tengo que hacerlo.

Y luego.

—Ayúdame a ayudar.

Finalmente camina hacia una habitación de la casa y sale con el niño en andas, el niño dormido profundamente, el niño del brazo roto, enyesado y en cabestrillo. Es entonces cuando Kata dirige por primera vez su mirada hacia la mujer negra, blanca y azul que se le parece como su reflejo en el cristal.

—Hola, mamá— dice, y su sonrisa es una sonrisa profundamente fatigada.

Cinco, cuatro, tres

Kata —blanca pálida, boquiabierta y azuladamente desorbitada— mira en el televisor de su habitación un pueblo que nunca ha visto. El pueblo de los confines del mundo está sumergido casi por completo en el agua. El reportero murmura que fue una ola increíble y luego repite una sola palabra "tsunami, tsunami, tsunami". Y cuando muestran una fotografía del pueblo de antes de la tragedia, sin el agua de mar cubriéndolo casi enteramente, Kata lo reconoce. Nunca lo ha visto pero lo reconoce porque a veces se puede llegar a partes del mundo sin recorrer los caminos reales del mundo.

Luego una noche tras otra noche tras otra noche, Kata permanece sentada en la cama, frente al televisor encendido que ella no mira, escupiendo esporádicamente unas tabletas blancas que extrae de entre sus labios y mete en un frasco, y vomitando también un líquido negro y humeante en una taza que siempre acaba llenándose hasta el borde.

A veces ella apaga la luz y se recuesta y se cubre con las cobijas y cierra los ojos y entonces sueña con una joven que de tan joven parece niña.

Noche tras noche sueña el mismo sueño en donde un

enorme lago turbio le inunda la imaginación, un lago que se le derrama como pesadilla y de donde emergen apenas los remates de los más altos edificios, tristes edificios casi ahogados, y, en uno de esos edificios, milagrosamente colgada de la herrería exterior de una ventana, la joven de pelo rojo que tiene el agua hasta el cuello. Kata, en el sueño, siempre la reconoce porque hay personas que, aunque no existan, merecerían existir.

Noche tras noche el mismo sueño que Kata no recuerda al despertar: el lago turbio y negro; la punta del edificio que sobresale de allí; en la herrería más alta de la más alta ventana de la fachada, la joven que parece estar a la espera de una mano que sujete su mano vacía; y, entonces, en el sueño, Kata se ve a sí misma nadando junto a cajas flotantes y postes de madera y álbumes fotográficos, dando brazadas y abriéndose paso entre pedazos de vidrio y de tela, y tubos doblados y trozos de ramas, intentando desesperadamente llegar hasta la mujer roja de pelo, roja de piel y enrojecida de ojos por tanto llorar.

Noche tras noche soñando el mismo sueño hasta que Kata deja de ser Kata.

Ahora ella es un hombre y es ruso y es blanco, verde, rosado — blanco de canas, verde de ojos y rosado de piel— nadando desesperadamente entre escombros por alcanzar a la joven del sueño que ya no es más un sueño. Es la última historia deun libro de cuentos que Kata está leyendo por tercera vez y que se llama "El hombre que no recordaba la felicidad"

"Una expresión de la más pura tristeza" murmura entonces Kata imaginando a la joven con el agua hasta el cuello y sintiendo que una parte de su corazón se muere para siempre al proferir estas palabras, pero la frase, como ave en migración, levanta el vuelo desde su corazón hasta su cabeza y de allí se muda hasta una página del libro donde el ruso, al descubrir a la joven pelirroja que cuelga del exterior de un edificio sobre un mar turbio y negro, piensa que de verdad no es ella quien llora, que de verdad no es ella quien grita, "simplemente esa joven que de tan joven parece niña espera a la muerte con una expresión de la más pura tristeza que grita y llora por ella"

Cuatro, tres, dos.

Es un auditorio colmado de gente, en donde el hombre de pelo desordenado, anteojos redondos y sonrisa ingenua, le da un beso a Kata. Este hombre, que no había aparecido antes en la historia, abre un libro que se llama "Y sobrevivir con las manos abiertas" y, en la primera página, con una pluma fuente, va absorbiendo desde el pie de la hoja hasta la cabeza de la hoja cada trazo de su firma, y luego va subiendo por las líneas de tinta haciendo desaparecer cada una de las palabras que decían Escribí este libro para sobrevivir; para que realmente mis manos pudieran tenderse hacia otras manos y, estrechándolas, dejaran ambas de estar vacías. Finalmente, letra a letra, borra el nombre de Kata.

El hombre cierra entonces el libro de cuentos y, con una sonrisa, lo pone en las manos vacías de Kata.

Tres, dos, uno.

Kata está en un aula desierta de una escuela preparatoria. Muchos jóvenes comienzan a entrar y se van sentando en los pupitres. Cuando las chicas y los chicos de dieciséis y diecisiete años la miran, ella les dice que a lo mejor la única manera de saber si la literatura vale la pena es aguardar a que un libro, uno solo, cambie realmente la historia del mundo.

—Como un nacimiento —dice Kata—. Nacer y luego,

como una fruta que se ensancha o una flor que se llena de pétalos, esperar a que maduren las cosas para comprender hacia dónde nos lleva la nueva historia del mundo.

Luego Kata se sienta, apoya los codos en el tablero del escritorio, hunde la cabeza entre sus manos.

—Siento vergüenza— dice con voz grave—. Les he enseñado a sentir, a compadecerse, a llorar por los personajes de los libros y por sus tribulaciones, pero ninguno de ustedes, ni siquiera yo, ha hecho nada por la anciana que allá afuera nos pidió ayuda extendiendo no una sino sus dos manos vacías.

Uno, dos, tres.

Yo soy ese personaje de pelo desordenado, gafas de aro y sonrisa ingenua que no había aparecido antes en la historia. Yo soy de verdad el autor de "Y sobrevivir con las manos abiertas". Yo escribí el libro y se lo di a Kata. Yo creo que en realidad pude dárselo porque no todo lo que está escrito, ha sucedido.

—Lo siento— le digo, y mejor le doy un beso en la mejilla a Kata.

Ella no entiende cuando en el auditorio colmado de gente le digo que preferiría no dárselo.

—Prefiero no.

Y le digo que no todos los libros son para todos, y que mejor no lo lea, que prefiero darle otro regalo, que tengo muchos libros pero que esta vez preferiría no darle una historia sino la interrupción de una historia.

Pobre Kata, no entiende nada, y me mira con ojos redondeados de estupor. Me le acerco al oído y, señalándole al niño que está junto a ella con sus dos brazos sanos, le digo que no se sienten juntos en el juego de la feria, que a veces un peso adulto no debe estar tan cerca del leve peso infantil.

Luego Kata y su hijo— ambos negros, azules y blancos— se toman de la mano, y se marchan de aquí, se marchan a salvo de mí.

Ariel Dorfman

Horas de visita

¿Te han hablado acerca del número 55? dijo ella. Es un
nuevo servicio. Ven. Ven, que te lo muestro.

Levantó el teléfono. Él no se había dado cuenta de que
el aparato estaba ahí, escondido, casi como acunado, en medio
del revoltijo de las sábanas, un modelo viejo, de ésos que ya
nadie fabrica, con la serpiente negra de un cordón colgándole
umbilicalmente, o tal vez como el tentáculo de una enredadera,
porque se meció suavemente cuando ella se puso a discar.

Hola, dijo ella, se lo dijo al teléfono. Hola. Una madre y
su chico, sí. Ambos decapitados en una accidente de automóvil.
En la última media hora. Me gustaría que se me informara de
quién se trata, los nombres, eso.

Ella esperó y le sonrió, extendió sus piernas sobre la
cama. El notó de nuevo cuán sucio estaba su camisón, tenía que
tomar cartas en el asunto. Pero no era lo de que de veras estaba
pensando. Estaba pensando: así que en esto se pasa, en esto se
entretiene durante el día, durante la noche, ésta es la última
novedad.

Es la última novedad, dijo ella, como si pudiera leerle el
pensamiento. Lo que siempre había sido capaz de hacer, pero
de alguna manera no esperaba que siguiera siendo así esta vez,
en esta visita. Ella cubrió con una mano la boca del teléfono,
pero en forma suave, no como si estuviese sofocándolo o le
diera rabia ni nada por el estilo, solamente el velo de esa mano
en el receptor para que la persona al otro lado no pudiese

escuchar lo que iba a decir. Son muy atentos, simpáticos. A veces conversamos por horas. Bueno, no exactamente por horas. Hablamos todo lo que se puede. No quiero que esta mujer o que otra mujer, porque son todas mujeres, eso es lo que me gusta de este servicio, hasta me he preguntado si quizá podría conseguir una pega con ellos, sabes, porque lo podría hacer desde acá. Tendría que aprender a usar una computadora, claro, pero las mujeres me cuentan que es fácil, una nonada, eso me dijeron, me acuerdo de esa palabra, nonada, porque me encantó. Pero justamente por eso, porque son tan buenas conmigo, no quisiera que ninguna de ellas tuviera problemas, que las echaran por hablar demasiado con un cliente. Que alguien como yo les mantuviera ocupada la línea, sobre su cuota, eso quiero decir. Que echaran a ésta, por ejemplo. Aunque eso podría abrir una posibilidad para mí, una oportunidad, digo. Mandar mis datos, pedirles trabajo.

Ahora ella dejó de hablar, retiró su mano, se rascó la oreja con la mano, le dijo al teléfono: ¿Está segura? Ella se calló, se puso a escuchar por unos segundos. Un momentito. Voy a anotar los detalles.

Él la vio estirar la misma mano, la que no empuñaba el receptor, vio cómo se alargó perezosamente hacia la mesa de luz donde un pedazo de papel y una lapicera bic reposaban en medio de un desbarajuste de medicinas. Colocó la hoja de papel sobre las sábanas y garabateó algunas palabras, en forma laboriosa, menos como una chica de seis años aprendiendo a escribir que como una persona cualquiera en cualquier lugar que tendría problemas, perfectamente normales, en borronear algo con una mano en un pedazo de papel torcido por el contorno deforme de la ropa de cama. Él tuvo ganas de apretar los bordes de la hoja, ayudarla, tal como ella le había ayudado a él cuando era niño, y ella una adolescente en toda su plenitud, gloriosamente segura del cuerpo al que él no se atrevía a mirar, en ese entonces, temeroso de que ella percibiría el efecto electrizante que tenía sobre él esos pechos a punto de florecer, el florecimiento de su alegría perpetua. Pero no hizo nada ahora, dejó que ella apuntara las letras como si fueran palos y no signos.

¿Dijo F o dijo S? preguntó ella, se lo preguntó al teléfono. Una S, por cierto, claro que sí. Es difícil advertir la diferencia. O tal vez debería decir la diserencia. Y se rió y la risa era tan agradable como siempre, tibia en el invierno y refrescante en el verano, eso es lo que él siempre había pensado, y lo pensó de nuevo en esta pieza donde la temperatura era invariablemente la misma, las luces eran siempre las mismas noche y día, de manera que así pasaba ella sus días. Y sus noches. También sus noches.

No, no, soy yo la que debo dar las gracias, decía ella ahora, hablando por teléfono. Soy yo la que siente gratitud, tiene que creerme. Esta es información interesante, pero muy interesante. La voy a llamar más tarde para saber algo más acerca de la familia accidentada, ¿tal vez me va a tocar Ud. la próxima vez? Y que Ud. también esté bien, mi amor.

Colgó y le pasó el pedazo de papel. Eran casi indiscernibles los dos nombres que ella había pintarrajeado, él prefirió ni siquiera intentarlo.

Es un gran servicio, el número 55, dijo ella. ¿Quieres hacer la prueba? Sólo son trescientos pesos la hora. Imagínate. No deben pagar muy bien a sus empleados, pero las mujeres son asiduamente corteses y sorprendentemente eficaces. Pregúntales algo, anda, te va a gustar.

Ella le estaba alargando el teléfono entero hacia él, casi como una ofrenda, un pollito negro y muerto o algo semejante, una criatura que alguna vez estuvo viva, a la que habían degollado — y por primera vez esa tarde, él no supo qué hacer. Vamos, vamos, yo te convido. Yo tengo algo de plata, de mis ahorros. ¿Qué cosa te gustaría saber, averiguar? ¿La última noticia que te mueres por conocer y que no sabes?

Él lo que quería saber era cómo estaba ella, cómo se estaba manejando después de la última intervención, pero eso no era algo que iba a poder articular, ni ahora, ni antes, ni nunca, y por cierto no se trataba del tipo de pregunta que las simpáticas mujeres al otro lado de esa línea iban a poder responder.

Él dijo: No soy muy bueno para esto. No tengo la experiencia.

¿La experiencia? Y ella se rió, desde muy adentro de la garganta, feliz con la palabra o tal vez con la idea de que ella poseía algo que él no, una zona donde ahora, tantos años más tarde, ella tenía más habilidad y talento. Tienes razón.

Hazlo tú por mí, dijo él. Pregúntales algo a nombre mío, algo que crees que necesito saber.

¿Al número 55? preguntó ella. ¿Quieres que vuelva a llamar al número 55?

Sí, dijo él. Pregúntales algo.

Tal vez me va a tocar la misma mujer que esta última vez. Ella meneó la cabeza con entusiasmo, pero con una leve ola de agitación que él no había anticipado. Tal vez ella me va a reconocer, pero esta vez no vamos a ponernos a parlotear, no vamos a… ¿Cómo se dice? A prolongar la conversación. ¿Qué quieres que te averigüen? Lo que sea, puedes preguntarles lo que sea y siempre te consiguen una respuesta.

Acerca de esta madre y su chico, dijo él ahora, exhibiendo los nombres sobre el papel que todavía yacía frente a él, como un bostezo entre ellos, o más bien como si fuera una balsa sobre un lago que se bamboleaba cada vez que ella movía sus piernas, removía la ropa de cama. Pregúntales si alguien queda vivo en la familia que tuvo ese accidente, un padre, otro hijo, una hija tal vez, dijo él, pregúntales eso.

Me gusta esa idea, dijo ella, arqueando la cabeza para un lado como lo solía hacer cuando — y de pronto él la vio el día de su matrimonio, cuando ella había arqueado el cuello exactamente de esta manera para besar los labios del hombre que ella amaba, el hombre que había jurado amarla para siempre jamás. Y también le vino como un diluvio el recuerdo de la luz resplandeciente que la envolvía esa mañana, por lo menos en su memoria, el sol que apareció desde detrás de las nubes en ese preciso instante, como si fuera todo parte de un plan. Tú siempre has sido un hombre bueno, dijo ella repentinamente, que le importa la vida de los demás, los que han logrado sobrevivir. Fuiste así de niño, siempre fuiste así. Tal vez demasiado. Porque es posible, sabes, preocuparse demasiado por los demás, ¿sabías eso?

¿Se trata siempre del número 55? preguntó él, porque se sintió extrañamente azorado por esa remembranza, cómo ella lo recordaba. No había nadie más en el mundo que sabía cosas como ésas, nadie salvo ellos dos que podían rememorar cosas como éstas.

Un bufido se le escapó por las narices. Es cierto de que te falta experiencia, oye, dijo, pero fue un regaño gentil, no como si estuviera reconviniéndole sino más bien como ay estos hombres, o tal vez turbada porque por ahí su hermano estaba mostrando signos de envejecer, el hermano que no entendía algo tan elemental. Claro que siempre es el número 55. ¿Crees que este servicio se consigue con un número cualquiera? Siempre es el número 55. Vamos, díscalo tú.

Pero no le pasó el teléfono. Ella mismo apretó dos teclas y esperó.

No están respondiendo, dijo. Pero yo puedo esperar. Quiero decir, son tan populares, tal vez no debería contarle a nadie acerca de este servicio. Ahora la línea está ocupada.

Colgó y volvió a discar. Puedes preguntarle todo lo que se te ocurra, dijo. Cómo terminar con el cáncer. O con la guerra. Eso era algo que siempre te agitaba, ibas a todas esas marchas por la paz.

Iba porque tú me llevabas, dijo él.

Bueno, pues, ahora puedes averiguarlo — cómo terminar con las matanzas, las guerras, digo. Las bombas. Es cosa de preguntarles. Esas mujeres tienen una respuesta para todo. ¿Sabes lo que me contaron el otro día? Anoche mismo, fíjate. Le pregunté a ella, le pregunté acerca de esta — enfermera, creo que así se llama. No muy agradable, sabes, un poco perfeccionista y muy mandona. Cómo manejar las cosas con ella, con la enfermera, eso pregunté. Y la mujer en el número 55 respondió, la persona que de veras es poderosa es alguien que sabe convertir al enemigo en un amigo. ¿Un buen consejo, no? Un consejo que voy a seguir, de eso no te quepa duda. Dejar que ellas me sirvan de guía en los días que me faltan, antes de irme de este lugar. Una lástima. No están respondiendo ahora. Tal vez si lo intentaras tú…

No sabría yo cómo preguntar, dijo él.

Ella colgó de nuevo y esperó y enseguida, muy cuidadosa y deliberada y puntillosa, apretó dos veces la tecla con el número 5. Cerró los ojos como para escuchar con más atención, como si ese gesto ayudara a liberar la línea ocupada. Y él utilizó la oportunidad para mirar de soslayo su reloj, se sintió transfigurado por el estremecido tartamudeo del segundero reptando por la cara del reloj, subiendo hasta el doce. Cuando él logró zafar sus ojos, ella había abierto los suyos, pero no hizo alusión a ella, que ella lo había pillado consultando ese reloj que había pertenecido a papá, que ella había insistido que él debía heredar, llevar.

El prefirió callarse, con la esperanza de que ella no diría nada acerca del reloj, nada acerca del papá.

No dijo una palabra al respecto. Siempre había sido así, protectora, considerada, y ahora preguntó, súbitamente, enfurruñando el entrecejo, perpleja: ¿Has cambiado el modo en que te partes el pelo?

Lo tengo así hace treinta años, dijo él.

O no, dijo ella. Siempre lo partes por el lado izquierdo. No me lo niegues, porque soy yo la que te peinaba. Las manos también tienen memorias, sabes, las puntas de los dedos recuerdan cosas que hasta el cerebro olvida.

¿El cerebro?

Sí, que hasta un cerebro en perfectas condiciones olvida. Y tú siempre partías el cabello por el lazo izquierdo.

Soy zurdo, dijo él. Mamá nunca se dio cuenta. Ni tú tampoco. Pero cuando tuve edad suficiente, bueno, empecé a peinarme con la mano izquierda, así. La última vez que me peiné el pelo de otra…

Ella lo hizo callar. Espera, espera. Están contestando. Sí, sí, soy yo. Sí, mi amor, de nuevo. Tengo otra pregunta.

Él casi no atendió las próximas palabras de ella, la conversación acerca del resto de la familia, si alguien había sobrevivido el accidente donde habían muerto la mamá y el chico, algo acerca de qué triste es tener que recibir la noticia de un fallecimiento repentino, una enfermedad terrible, algo así, él logró borrar de alguna manera ese cotorreo de su mente, miró una de las murallas blancas, tan blancas, de la habitación y comenzó a ensayar lo que iba a decirle a su esposa una vez que retornara al hogar.

¿Cómo está? ella le preguntaría, sin que de veras

estuviese interesada, pero eso iba a preguntarle seguro, siempre le preguntaba lo mismo, a veces eso, a veces si la enfermedad se había acelerado.

Y él: todo lo bien que puede estar ella, lo que siempre decía y que repetiría una vez más, tratando de no ser excesivamente enfático podía tomarse como un signo de confusión, de debilidad, su hermana le había enseñado eso hace tiempo: Todo lo bien que puede estar.

La voz de ella de pronto interrumpió ese pensamiento.

Prefiero que no le cuentes nada, dijo ella. A tu mujer, dijo. Cuando ella te lo pregunte. Si me puedes hacer el favor.

¿Contarle qué?

Algún asomo de pánico, una nonada, se deslizó en sus ojos, oscureció lo que esos ojos podían admitir, porque ahora ella le sonrió, dirigió un par de palabras al teléfono, ¿Sabe qué más? La voy a llamar más tarde, mi amor. Y dígale a la compañía que su servicio ha sido estelar. Quiero que sepan que yo creo que Ud. está haciendo un trabajo de maravillas.

¿Contarle qué? insistió él.

Acerca del número 55, dijo ella. No le cuentes a tu mujer todavía acerca del número 55, si puedes hacerme ese favor. Cuándo te pregunte en qué ando.

No lo haré, respondió él. Ni una palabra. Ni a ella ni a nadie más acerca del número 55. Va a ser un secreto, algo que vamos a compartir nosotros solitos, nada más que tú y yo, tú y yo.

Teresita Dovalpage

Malvenida, mamá

Malvenida, le voy a decir cuando la tenga delante de mí, y apuesto a que se va a quedar patidifusa, más de lo que ya está. Malvenida, mamá.

Doblo por Broadway en dirección a San Ysidro y me uno a la inmensa fila metálica de coches que esperan a que cambie la luz. Y pienso en todo el trayecto que me falta recorrer todavía: llegar hasta Chula Vista, cruzar la frontera, zigzaguear por Tijuana, que es una selva en que los peatones se ríen de los semáforos y los vehículos de los peatones, y al fin llegar al aeropuerto internacional General Abelardo Rodríguez para poder decirle frente a frente malvenida, mamá.

Pestañeo y toso varias veces porque hay un incendio en el norte del condado y el cielo de San Diego se ha velado con una mantilla oscura que le presta a las dos y veinte de esta tarde de mayo un raro encanto de anochecer estival. Ayer aconsejaban a la gente no salir de sus casas para evitar peligros de contaminación. ¡Mire que buen pretexto me habrían dado para no recogerla! No puedo ir al aeropuerto, madre, porque la ciudad está cubierta de cenizas y humo, como Pompeya cuando reventó el vientre del Vesubio. El fuego empezó por Witch Creek (el Arroyo de la Bruja, qué nombre tan apropiado) y se ha ido extendiendo como si alguien hubiera regado los terrenos con gasolina. Es el viento de Santa Anna, dicen los tijuanenses, la venganza del general mexicano contra los gringos que lo derrotaron en San Jacinto.

Debí haber ido al baño antes de salir del trabajo, ahora

me estoy haciendo pipi. Pipi. Me dan ganas de preguntarle
ahora si se acuerda usted, mi madre, de aquella vez en que me
hizo sentarme en el inodoro para revisarme el pipi. No. Me va
a decir que no, que no se acuerda, que estoy yo, como siempre,
inventado barbaridades para jorobarle la vida. No me extrañaría
su olvido, usted ha padecido de memoria selectiva desde que la
conozco.

Porque se acuerda perfectamente, eso sí, de una paliza
que le dio mi abuela cuando usted tenía unos diez años. Las
veces que habré oído la historia: mira, hija, si esa mujer era
remala que había llegado yo de casa de una amiguita, donde
me pasé la tarde jugando, y me estaba dando una ducha cuando
tu abuela entró en el baño y me empezó a dar manotazos que
mojada y encuera en pelota como estaba me dolieron una
barbaridad. Después descubrí que había tenido una bronca con
su patrona, por un asunto ahí de dinero, y la malvada vino a
desquitarse en mí. Hasta tu abuelo, que no se metía en nada,
tuve que decirle que parara, por Dios, que me iba a despellejar
viva. Luego no quieres que yo la deteste, que odie hasta su
memoria. Luego no.

Ese cuento se lo he escuchado, madre de mis desmadres,
doscientas noventa y ocho veces, y hasta me quedo corta.
Estamos hablando de algo que pasó por el cuarenta y cinco o
el cuarenta y seis, ¿cierto? Hace más de sesenta años, y usted lo
recuerda clarito. Fue de lo último que hablamos por teléfono.
Abuela se murió en el noventa y dos y todavía estaba usted
a cuestas con el recuerdo de aquella paliza. Nunca la voy a
perdonar, me dijo, a la cabrona vieja. A veces se me aparece su
fantasma por las noches, pero yo ni lo miro, fu.

El freeway está de padre y muy señor mío. Debería
meterme por una calle lateral y adelantar camino, porque si
llego tarde a Tijuana capaz de que ni me la encuentre, o de que

el oaxaqueño que me la trae la deje tirada por ahí. Ay, qué mal pensada soy, con lo decente que parecía el señor que accedió a acompañarla en el avión porque de todas formas él tenía que hacer una gestión allá dónde usted vive. Cuando se lo propuse enseguida me contestó que yo encantado, señorita. Vaya, que la comisión es un poco rara, pero si usted gusta y paga, pues no faltaba más.

Me duele la vejiga. Debería pararme en una gasolinera para desahogarme. Sí, es lo que voy a hacer. Aquí en la esquina hay una Shell. Huele a baño de gasolinera, un olor que usted no conoce; es una mezcla de desinfectantes y orines con peste a mal cigarro, pero comoquiera que sea, mejor olor que el del baño de nuestra casa. El baño donde a usted le entraron a golpes, el mismo en que me hizo sentar en el inodoro, tal y como lo estoy haciendo ahora, y bajarme los pantalones ante su mirada fiscal.

Aquella noche había una reunión de padres en la escuela primaria. Yo tenía, como usted cuando el trauma de su paliza, diez años ya cumplidos. Mientras usted estaba con otros padres en el salón de clases, encontré en los pasillos a un par de muchachitos y me puse a jugar con ellos. A jugar nada más, lo juro. Usted se enfureció —o se encabronó, como le gustaba decir— porque no me encontró esperándola a la puerta cuando se terminó la reunión.

Al fin me vio, me agarró por un brazo y me llevó para la casa prácticamente a rastras. Por el camino me preguntó que qué había hecho. Jugar con unos niños, le contesté. ¡Niños! ¡Varones! saltó usted. Qué edad tenían. Eran igual que yo… ¿Igual que tú, seguro? ¿Que no serían mayores? Me asusté. No, no, eran chiquititos. Qué edad tenían, concrétame. Ocho años, siete… a lo mejor seis, seguí restando frenéticamente. Sí, recién nacidos, me interrumpió furiosa, con las venas del cuello reventándosele de la ira. ¡No jodas! A ver, siéntate en el inodoro y bájate los pantalones.

Cubierta de vergüenza y envuelta en la peste que salía del tragante me senté. ¿Que, me tocó alguien? pregunté, con los ojos llenos de lágrimas y la garganta apretujada. ¿Me tocaron, eh?

No sé, replicó usted, todavía encabronada. No sé, coño, no sé.

Después cenamos arroz, huevos y papas fritas que la abuela había preparado. Y yo las vomité.

Todavía hoy me pregunto qué esperaba usted encontrar en aquella requisa vaginal: manchas de sangre, señales de desfloración temprana, indicios de desorden uterino.

No sé, coño. No sé.

Me subo el pantalón y enfrento el espejo empañado que corona de azogue el lavamanos. Durante mis primeros años en este país, cuando me miraba al espejo, veía dos imágenes superpuestas: una muchacha de cabello oscuro y cejas grandes, a lo Frida Kahlo (la que fui alguna vez) y la rubia de cejas finas, a lo Paris Hilton, en que me convertí en cuanto tuve medios para ir a la peluquería. Se superponían una y la otra, pero en las dos encontraba los ojos, los mismos ojos torturados de una niña de diez años a los que su madre le ordena a ver, bájate el pantalón, a ver.

A ver.

Vuelvo a mi coche, enciendo el motor y me pongo de nuevo en camino hacia la frontera. ¿No estaré haciendo una tormenta en un vaso de agua? ¿Por qué, me pregunto, pienso en "este incidente" (como le llama mi marido, que para algo es psicólogo) precisamente hoy, que tengo que ir a recogerla? A recogerla a usted, que nunca quiso venir a visitarme porque le daban pavura los aviones; a usted, que decía que ni muerta vendría conmigo a esta tierra de gringos y que ahora ha decidido quedarse por los siglos de los siglos y amén.

Vaya, las cenizas del incendio siguen revoloteando por el aire. Me ha caído una carbonilla en el ojo derecho y tengo que manejar con él cerrado, cual si estuviera tuerta. No dejaría de tener gracia que me ocurriera un accidente junto ahora, que la voy a buscar. No, miento: lo verdaderamente gracioso sería que ocurriera después de recogerla. La justicia poética, si es que ésta existe, vendría a determinarlo así.

Estás obsesionada con tu madre, me dice mi marido. Es que estos gringos, vieja, no comprenden. Aquí los hijos (y las hijas también, naturalmente) se marchan de sus casas a los dieciocho años. Se marchan o los marchan, el caso es que a partir de ese momento hacen vidas independientes. No como nosotros que seguimos montados unos sobre otros, acaballados en la misma casa. Una generación tras otra: la abuela, la madre, el abuelo y el padre, los nietos y si a mano viene, hasta los tataranietos. Comiendo, durmiendo, haciendo pipi, mirándonos los pipis los unos a los otros, las unas a las otras, sin poderlo, o quizás sin quererlo evitar.

Entre pitos y flautas ya estoy en la frontera y bajo la ventanilla para que el guardia mexicano me dé el pase. Lo jodido va a ser entrar a San Diego con usted, que aquí la migra, o Homeland Security, o como carajos se llame ahora, carece de sentido del humor. Tiene usted algo que declarar. Tiene sus papeles en orden, su pasaporte, su tarjeta de seguro social, su licencia de conducción, su acta de nacimiento, su partida de defunción. Ya me imagino la cara de susto que pondría, si viera a esos tipos (o tipas, que también las hay) inclinándose sobre usted para examinarla con lupa. Ya me imagino, ya.

Tijuana es una selva de Marías vendiendo chicles, de mendigos, de tragafuegos. Dios mío, qué ganas de tragar fuego y jugar con candela como si no hubiera suficiente en el aire hoy.

Malvenida, mi madre, voy a decirle —después de darle al oaxaqueño su pago, desde luego. Y le voy a hacer las preguntas que he tenido guardadas por más de veinte años. A usted no le importó que me fuera, que dejara mi tierra. Por qué nunca me dijo mi niñita, mi amor, mi cosa linda, esas cosas que se suponen digan las madres latinas, al menos por telenovelas, no te vayas, te extraño, dame un besito, quiero ir a verte, a verte, a ver el pipi, ay.

Mi marido no sabe que he venido a buscarla. Figúrese; si él va a visitar a su propia madre de Pascuas a San Juan, y la señora vive a dos horas escasas de San Diego, en Pasadena, ¿cómo iba a recibir la noticia de la llegada de su suegra? Ya me dirá usted que no confunda, que una cosa es la forma y otra es el contenido. Será, pero de todas maneras preferí no soltar prenda hasta aparecerme con usted y ya entonces se resolverá (o no) el problema. Es mejor pedir perdón que permiso, como dicen aquí.

Perdón… te he pedido perdón… es un bolero de Benny Moré. ¿Me pidió usted perdón alguna vez, mi madre? ¿Se lo pidió la suya? De tan pocos perdones está lleno este mundo. La madre de mi marido, según él (que también tiene sus traumitas, por eso es que estudió psicología) lo dejó criarse solo y tampoco le ha pedido perdón con el pensamiento. Te he pedido perdón, vida, sin saberlo tú.

Ahí está el edificio del aeropuerto. Me estaciono y salgo del coche. Me envuelve una nube de humo, creo que aquí está peor que en San Diego, aunque el incendio es allá arriba. ¿Se estarán quemando los bosques de Baja California también?

Camino entre la gente, doy codazos a diestra y siniestra, me planto en el salón de espera. ¿Ya llegó el vuelo 2498 de

Aeroméxico, me hace el favor? Sí, acaba de aterrizar. Empiezan a aparecer los pasajeros y entre ellos distingo al oaxaqueño, muy serio y con cara de quien está cometiendo un delito menor, que sale de los controles de aduana y me busca, también me busca con la vista, como yo a él.

Lo reconozco aunque apenas le distingo la cara entre el humo y la ceniza que se adueñan del aeropuerto. Cómo es posible que hasta aquí lleguen los rescoldos de este incendio que me enluta ya el alma. Tengo ganas de orinar otra vez, del miedo, y ahora me pica el pipi. El pipi, madre, ¿me tocaron? No sé, coño, no sé.

El oaxaqueño se me acerca, nos damos la mano (no hay confianza para un abrazo) y no tengo que preguntarle por usted. Sin decir nada me la extiende; agarro la cajita y le doy sus doscientos dólares al hombre, que bien se los ha sabido ganar. Viro la espalda y sin más ceremonias ni despedidas me voy, con usted a remolque.

Caray, no se lo dije, como tenía pensado. Pero todavía es tiempo. Malvenida, mi madre. Malvenida, le grito, y un guardia de seguridad me ojea curioso. Entro al coche y la coloco a mi lado, tan pequeña, tan poca cosa, despojada ya de su ira, de su encabronamiento, apagada por siempre su mirada fiscal.

Adónde voy, mi madre, con usted. Adónde voy con este polvo omnipresente que no me deja ver los edificios, las Marías, los tragafuegos que inmutables hacen su negocio entre el tráfico que tapona las avenidas. Cómo pasar la frontera haciéndole creer a la migra o a Homeland Security que voy sola en el coche cuando en realidad vamos dos. O tres, porque usted lleva a la abuela consigo, y la paliza allá en el baño, y yo mi pipi avergonzado. Cómo pasar tanto contrabando, cómo introducirlo en mi casa a pique de que me la ahumee. Cómo. Por qué.

No, madre. A San Diego no llega usted, y perdone. Me

desvío de la ruta que lleva a la línea de Aduanas y busco el río Tijuana, que se eclipsa también bajo un sudario de humo y hollín. Abro la caja y la dejo salir. Hemos llegado, malvenida. Hemos llegado al fin.

¿Acaso no me entiende? Vuele, madre, que nadie la retiene. Abandone esta prisión de madera, márchese ya. Y no se le ocurra quejarse porque no la llevo a San Diego, mire que salió en ganga. Mire que pude haber abierto la cajita en un baño público, en un cochino baño de gasolinera para mayor desgracia, y a ver qué iba a decirme usted. En cambio aquí la dejo, suelta, libre, a sus anchas. Polvo, polvo y cenizas que confundidas con las del incendio se me posan en los labios cuando repito a gritos, como quien reza a un dios duro de oídos, malvenida, mamá.

Roberto Fernández

El mercado transformista

Me había vestido como en los tiempos de mi época dorada, tal y como me había conocido Martin Munro. Lucía uno de los vestidos de noche de Eli, que Dios la tenga en la gloria junto con mamá, papá, Alfonso, Muriel, y mi fiel Lirio, guantes a medio brazo, el anillo de la emperatriz Victoria, el collar de perlas legítimas de Ena Battenberg, mi suegra, y de la mano un bolso que portaba el espejo de la Infanta Eulalia, en caso de que me tuviera que retocar, y coronada por mi habitual pamela malva. Al bajar las escaleras del edificio, todas las persianas pestañaron, llenándose de curiosos ojos. Las entrometidas de siempre no se conformaron con mirar a través de las cortinas. Iba con paso seguro, erguida
—¿Ha donde va que parece una reina? —me gritó Barbarita abriendo la ventana, asomándose, luciendo aquella cabellera enmarañada
Traté de ignorarla
—Seguro que va a la inauguración del bar de Pepe así que nos estamos viendo allí. Mirta también va conmigo. Bueno, creo que va medio edificio. Pero vas muy tempranito. ¿Tendrás algún admirador? Qué escondidito te lo tienes, zorrita.
¡Qué desgracia! Las esquivaría lo mejor posible. ¡Gentezuela!
Cuando llegué al mercado, al abrir la puerta quien daba la bienvenida era unas figuras de cartón de Santa Claus en traje de baño con una cerveza en la mano derecha y abrazando con la izquierda a una indecentemente vestida animadora de

un equipo deportivo y cuyos senos tenían el aspecto de los dos globos terráqueos. Cerré los ojos ante tal espectáculo y terminé de entrar sin que nadie me sintiera. Pepe atenuaba diminutas y burbujeantes luces navideñas que iluminaban las grutas formadas por pavos, perniles y pollos amontonados en el frigorífico. Parecían que se acurrucaban para mitigar el frío como hacia cuando paseaba del brazo de mi Príncipe Alfonso por la Rue de Bourg. En la sección de verduras y frutas, las luces hacían sobresaltar el amarillo de los plátanos, el verdor de los aguacates y el púrpura de las berenjenas, color de la realeza. Todo aquello me hizo pensar en Agripina, y mamá dando órdenes en la cocina.

Pepe, el dueño, hacia un esfuerzo y movía los estantes corredizos, enmarcando un cuadrado, la pista de baile. Contaba las mesas y sillas plegables que dividirían la tarima de la pista. Lo vi inspeccionar su recién creado ámbito y notar que había manchas en el piso.

—¡Me cago en su madre! —dijo el muy grosero. En ese instante, pensé dar media vuelta y regresar al apartamento, pero me urgía hablar con el escocés, a quienes aquellas palabras de seguro iban dirigidas.

—Cuántas veces tengo que decirle a Munro que si se cae algo al piso que lo recoja —añadía Pepe haciendo eco de mi sospecha mientras buscaba los enseres de limpieza sin percatarse que me mantenía detrás de uno de los estantes que no había movido. Llenaba el cubo de agua y echaba un chorro de Pine—Sol. Restregaba con fuerza mientras hablaba con sí mismo.

—La vida es un sueño como decía mi abuela Angelina —le escuché decir mientras arremetía contra el plantón de tomate, chirimoya y plátano que se había endurecido con las pisadas de los compradores. —Así es, la vida es el sueño americano, the *American Dream* —añadió.

Pepe Gabilondo terminaba, entonces de limpiar y comenzaba a disponer de las mesas, las sillas y los pequeños floreros adornados con tres claveles de plástico rojo, blanco y azul. Yo seguía observando sin hacer ruido mientras Pepe sacaba una caja de velas color lila y colocaba una en cada mesa, diciendo: —San Lázaro, ¡ábreme los caminos! —Las encendería luego del primer espectáculo para proporcionar *ambience*, olvido la palabra en castellano en este momento.

Cuando se me adaptó la vista a aquella penumbra, vi que las paredes estaban cubiertas de fotos de cantantes que supuestamente habían hecho sus compras en el mercado. Había afiches de Celia Cruz y Lola Flores con Pepe señalándole las chirimoyas, Pepe cantando con Rafael, y de hasta Pepe felicitado por el Presidente Nixon. Las fotos de los faranduleros y de figuras públicas parecían haber sido sacadas de periódicos. ¡Qué mal gusto! Estaba mirando los afiches cuando escuché un ruido. Pepe había tropezado con una de las mesas al acabar de colocar las servilletas cuando se dirigía con el resto hacia una mesa mucho más pequeña a la entrada del establecimiento. La mesita de noche, puesto que era lo que parecía, estaba directamente debajo de un letrero donde había pintado un grandísimo ojo y una flecha que llevaba la vista hacia abajo: Coja Una y No Dos. Cuando sonrió satisfecho, comenzaron a llegar la gente.

Se había formado una cola a la entrada y Pepe se dedicaba a dar la bienvenida y cobrar. Aproveché, entonces, para sentarme en una de las mesas y leí una de las servilletas: Noche de estrellas nacientes. Noche inaugural con Los Merengues, Ricardito Martin, Mojame La Rrahjah, la mora con sabor a mango, Isilolis Santalis, la niña prodigio declamadora, y muchas sorpresas más. Pepe miraba hacia la cola y sonreía complacido, la sonrisa se le tornó en mueca al ver a alguien entrar. Frunció el seño y dijo en aquel vozarrón, —Te me portas bien Pío que esta noche contraté a un guardia. —Tranquilo, jefe. Tranquilo —le respondió en igual tono de voz, el requerido. Era un hombre larguirucho, huesudo y desaliñado.

En ese momento los músicos comenzaron a amenizar con los primeros acordes. Al oír aquella melodía, aquellos primeros compases, se me salieron las lágrimas de tantos bellos recuerdos que me invadieron como alud en el Pointe Dufour. Era la Bella Cubana. Me sequé las lágrimas y trataba de divisar a Martin Munro cuando se sentaron a mi mesa una señora y una niña de unos doce o trece años. La niña estaba vestida de satín con un lazo azul en la cabeza y la señora con pantalones negros y un ceñido pulóver color fucsia. No era lugar para una niña aquella inauguración. Por suerte no me hablaron aunque si cuchicheaban entre sí. La niña puso los pies sobre una silla vacante y me fijé que llevaba unos zapatos con unas hebillas enormes, como de vaqueros.

La mayoría de la gente que ya abarrotaba el recinto, se había recostado contra los estantes o contra los frigoríficos, soportando por el entretenimiento el frío que de seguro le entumecería las nalgas hasta tornárselas como los hielos de los glaciares suizos.

—Toque algo español —dijo un señor colorado como una guinda que se había sentado en la mesa de al lado, dirigiéndose a los músicos.

La orquesta lo complació con Pasodoble Español. Fue en ese preciso momento que llegaron las dos entrometidas, Barbarita y Mirta, se aproximaron a la mesa del colorado.

—Me encanta el pasodoble —dijo la Mirta sentándose y ajustándose el escote para hacerlo aun más revelador.

—Permítame presentarme, Gumersindo Avello, cónsul

de España.

—Encantada, Mirta María Vergara, cónsul del barrio, y esta es una mi amiguita Barbarita González.

—Encantada —respondió la Barbarita.

—Y la señora Vergara ¿será acaso familia del príncipe?

—Señora no, señorita —dijo sonriendo.

Qué osadía tenía aquel supuesto cónsul de preguntar a aquella pizpireta de barrio si pertenecía a la nobleza.

El ibérico cónsul, como el jamón, sonreía complacido con todos los ademanes de la Mirta cuando me volteé y reconocí en la primera mesa, frente por frente a la tarima, al Padre Santamaría, sacerdote de la Iglesia del Bosco, disfrazado con sombrero de jipijapa con cinta negra, gafas de sol, una guayabera blanca y una pañueleta roja alrededor del cuello. A pesar de su disfraz le reconocí por la prominente verruga en la punta de la nariz. Pepe se acercaba a su mesa.

—¿Es el encalgao? —preguntó el Bosco antes de que Pepe le pudiera tomar la delantera.

—Soy el dueño —dijo Pepe con orgullo.

—Mejol aún. ¿En que momento es la actuación de Ricaldito?

—Ricardito es el penúltimo, después de la mora. Pero no se vaya a ir antes que el chiquito es un fenómeno.

—Estoy aquí por eso —respondió el cura disfrazado de paisano.

—A mi su cara me es conocida. ¿A qué se dedica usted?

—Es posible—la voz del sacerdote se escuchaba algo nerviosa. —Soy corredor de bienes y raíces.

—Quizás haya ayudado a mi prima Lilita cuando estaba por comprar la casa de Westchester. Yo la acompañé. Es una casa muy amplia de tres cuartos, sala, comedor, piscina. La casa hasta incluía un perro que se llamaba Chispi. Digo se llamaba porque se murió de un infarto.

—Efectivamente, fui yo que vendí esa casa. Recueldo al perrito. De ahí me conocerá.

Qué pena me dio por el perrito Chispi. Me recordó a la buena de Lirio.

—Bueno pues no le doy más lata. Qué disfrute del programa. Pero eso si, tiene que consumir dos tragos. Los puede comprar en la barra o pedírselos a la camarera. Mire se la voy a llamar. Mimi, Mimi. Ven a atender al caballero.

Al otro lado de la tienda transformista, el hombre delgado que Pepe había requerido contemplaba ensimismado un pavo que sobresalía de lo gruta que ayudaba a formar en el frigorífico. Le observé cuando se dirigía al mostrador que servía de barra y le tiraba besos al pavo. Al llegar a la improvisada barra pidió un trago. Fue entonces que reconocí al barman que hasta ese momento no lo había divisado. Lucia un fez. Me levanté con cuidado de la mesa y me aproximé a la barra.

—Me sirve el especial de la casa, *the special of the house* —recalcó en un inglés incipiente mientras dirigía la vista al sostén de encaje negro que portaba la mesera.

Por los gestos que hacia, parecía que Martin no sabía exactamente cuál era el especial de la casa.

—Un *Miami in Flames* bien cargado es lo que pide el señor —dijo la mesera ayudando al barman.

En ese momento un guardia, se acercó y preguntó a la mesera que llevaba su nombre bordado en lentejuelas en el sostén.

—*All, ok?*

El guardia llevaba en la divisa también el nombre, Rob Hodel.

—*Yes* —respondió Mimi mientras le guiñaba el ojo.

El larguirucho volvía a su puesto del frigorífico con

trago en mano y viendo que Martin Munro continuaba ocupado me volví a la mesa.

—Psst, psst, Barbarita —la Mirta hacia señas con las manos pero con la oscuridad y la obvia miopía que la afligía a juzgar por los gruesos lentes, no atinaba a orientarse. Pensé en decirle de donde procedía la voz pero desistí de establecer contacto con aquella entrometida. No era prudente.

Gumersindo hizo ademanes de levantarse de la mesa para guiar a la perdida pero Mirta le retuvo por el brazo. Por fin logró llegar a la mesa.

—Niña, andaba perdida entre tanta oscuridad. Andaba como murciélago desorientado, guiándome por tu voz y tropezando con media humanidad.

El ibérico cónsul hizo ademanes de levantarse en señal de cortesía.

—No, no. No se moleste —y entonces se dirigió a su amiga. —Niña, ¿sabes con quién me topé? Nada menos que con Mima. Si vieras como ha engordado. Esta hecha una tonina.

La Mirta no le prestó mucha atención tratando de sacar al cónsul de alguna aldea perdida de su niñez que aquel pasodoble le había transportado.

—Ando nerviosísima —dijo la Mirta a Barbarita, aunque las palabras iban dirigidas al cónsul.

—Perdone qué dice —dijo el cónsul saliendo de su ensimismamiento.

—La música lo llevó a algún lado. A mí me pasa igual —intervino Barbarita. Se podía notar que la Mirta estaba incomoda con la interferencia.

— Efectivamente, a mi aldea, al Fameiro.

—Ando nerviosísima —volvió a insistir la Mirta.

—¿Qué le ocurre? —preguntó el cónsul.

—Un nuevo violador por la Avenida Doce. Vivo convencida que voy a ser la próxima. Creo que es mi destino. Ni pego los ojos por la noche de la ansiedad. Y para colmo tengo que madrugar para coger la guagua e ir a un trabajito que tengo. A esa hora no hay un alma en la calle.

—¿Es canaria usted? —preguntó el cónsul, curioso. —Porque habla muy parecido a una amiga canaria que tuve, Carmen Hernández, que ahora tiene una finca de plátanos.

—No. No que va. No crío pájaros.

El cónsul sonrió.

—Vaya con mucha precaución, entonces —dijo el colorado cónsul.

—Tengo la cabeza como un torbellino. Si ese violador se entera que tengo un lunar en forma de estrella en el seno izquierdo, no se qué será de mí. Es una estrella solitaria, solitaria como yo.

—No le creo —dijo el cónsul, riendo. —Ver para creer.

— Créame —dijo Mirta mientras se bajaba el ya escotado vestido, y empujando el sostén hacia abajo, mostrábale el lunar.

—Es una belleza —atinó el cónsul a decir. —Mire le voy a dar mi teléfono privado en caso que tenga miedo al tomar el autobús —dijo el cónsul cautivado por aquella indecencia. —Ese lunar que tiene es una obra de la naturaleza. Es como el lucero que alumbra al Fameiro en las noches frescas de recogida de panollas y ablanos.

—Para mí que uno de los músicos es el violador —dijo la Mirta cubriéndose la estrella solitaria.

—Dígame cuál es e iré personalmente a desafiarle.

—No, no. No me gusta armar escándalos. Pero gracias por el número de teléfono. Lo llevaré guardado en lugar seguro cerca de mi corazón —dijo Mirta metiéndose la servilleta con el número bajo el sostén.

— Qué ganas de ir al servicio! — dijo Barbarita llevándose la mano al vientre.

—Ahora aguanta —dijo la Mirta. — Esta al empezar el show y ya te perdiste una vez. Uy, mira quien está en la barra otra vez —dijo la Mirta para distraer a su amiga de la presión que parecía afligirle el vientre. —Es el borrachito que trabaja en el cementerio. Esta es la tercera vez que va a chupar.

Gumersindo iba a intervenir cuando los redobles de los tambores y el chillar de los platillos anunciaban el comienzo del espectáculo y yo con la vista fija en la barra, viendo si se desocupaba el escocés.

—Damas y caballeros, respetable público, Pepe's Grocery —Bar le da la bienvenida a nuestro show inaugural, al primer show de esta nocturna noche comenzando con Los Merengues. Si respetable público Los Merengues, *The Merengues*, interpretarán, en breve, en exclusiva su hit musical en inglés que los ha lanzado a la fama desde el levante hasta el poniente, de Fort Lauderdale a Naples, a la fama que tanto se merecen, me refiero al superhit, *The Little Blackman from the Sugar Mill*. El público aplaudía desenfrenado, excepto yo que no estaba allí para espectáculos y el larguirucho que seguía contemplando el pavo.

Había comenzado aquella canción estridente y de mal gusto que repercutía contra los estantes atiborrados de latas, botes, y tarros.

> *...I like to eat crispy merengue with a nifty black mama.*
> *I like to dance sideways,*
> *dance very tightly with my succulent black lady...*

—¿Qué dice? —escuché al ibérico cónsul preguntar a

aquellas dos guaricandillas.

—Dice que le gusta bailar de medio lado, bailar bien apretado con una negra bien sabrosa. —tradujo Barbarita.

—¡Hostia! Qué razón tiene. ¡Cómo me gustan las negras! —afirmó Gumersindo sin darse cuenta de lo que decía y en seguida trató de rectificar. —Digo que como me gusta la música negra.

—¿Y usted no sabe inglés? —indagó Barbarita.

—Sé un poquillo. La plaza de Miami se da por política. No hace falta hablar inglés.

—Le podría enseñar —escuché a la Mirta decir en el momento que los Merengues le daban el último golpe al bongó.

—Y mientras los Merengues toman un merecido descanso, respetable público, una pausa cultural porque aquí en Pepe's Grocery Bar hasta los pollos son arte. Y recuerden que mañana comienza la oferta de la semana. Presten atención: pechugas de pollo a 75 centavos libra, costillas de cerdo ahumadas a 65 centavos libra, y las sabrosas chirimoyas la fruta favorita de Celia Cruz y Lola Flores a cuatro por dólar, sí solamente a 25 centavos la rica chirimoya. Y sin más cacareos la nota poética porque, ¿qué es poesía? Poesía eres tú como dijera nuestro apóstol, José Martí. Con ustedes la inigualable, que con solo trece añitos es el sinsonte de este barrio, me refiero a ¡Isiloli Santalís!

—Quiero comenzar con un poema de la poetisa uruguayana Brenda Capucho. Se titula, "Soy".

Aquella niña me recordaba a alguien. Mantenía la mirada fija, como perdida en el infinito del techo mientras comenzaba a recitar.

Soy página en blanco para que escribas

Soy cima de monte para que escales,
Soy lienzo virgen para que pintes,
Soy uva tierna para que me hagas vino,
Pero no soy campo de fútbol para que me pisotees.

—Gracias —dijo aquella niña al terminar bajando la
cabeza entre avergonzada y orgullosa y haciendo una reverencia
al público.

—¿Cuánto es una libra? —preguntaba Gumersindo a
las dos de su mesa mientras el público aplaudía conmovido por
aquellas banalidades.

—Sí damas y caballeros, una poesía profunda como
la vida. Profunda como el Misisipi. Otro fuerte aplauso a la
declamadora, y en estos momentos la madre de la niña me ha
pasado una nota. Vamos a leer qué dice la nota. A ver, a ver, a
ver, dice que la propia autora de la obra, Brenda Capucho, se
refiere a Isiloli como la moza musa. Si señores, la moza musa.
Otro aplauso para la moza musa.

Los músicos comenzaban a amenizar durante el
intermedio, la gente iba y venía de la cola para el único
servicio que había, y yo todavía sin parlamento con Munro,
ocupado con la avalancha que se había precipitado contra la
barra. Le hacía señas con la mano para que supiera que aún le
estaba esperando cuando vi que Mimi, la camarera del sostén
de encaje, llamaba la atención del guardia para que se acercara
a la barra. Señalaba con el índice al larguirucho y luego con
el pulgar hacia un gesto como si se empinara una botella y en
seguida se bajaba un parpado para que le vigilara. Yo continuaba
sentada mientras el dueño de la tienda se abría paso para
continuar el show.

—Y ahora que se han llenado el buche y aliviado las
vejigas un ligero cambio en el programa. La mora no ha podido

llegar. Se le enfermó el camello, digo su Buick que tuvo una avería al chocar contra una palma. Pero continuaremos con el nuevo bárbaro de la canción. Me refiero a esa gran estrella naciente, Ricardito Martin.

Recuerdo cuando el reflector iluminó la figura de un joven de hermoso cuerpo, de melena larga y gruesa como la cola de un caballo ojos lánguidos y las cejas pintadas de prieto con almizcle. Sobre su descubierto pecho lampiño, descansaban cuentecillas de vidrio. Entonces cuando el muchacho iba a comenzar su número musical, el cura del Bosco se precipitó a la tarima con un improvisado ramillete hecho de las flores plásticas que antes habían reposado en su mesa.

—¡Majo, es que tienes la gracia del cielo! —retumbó la voz del falso corredor de bienes y raíces, estando tan cerca del micrófono y habiendo por la emoción perdido su falso acento puertorriqueño.

—Gracias. *Thank you* —respondió Ricardito confundido ante aquel despliegue.

Le prestaba atención a lo que sucedía entre Ricardito y el Bosco cuando Mimi, la camarera, se aproximó a mi mesa.

—Oiga, dice Martin que se acerque a la barra, que va a descansar por unos minutos.

¿Habría valido la pena sufrir aquel show? Sería posible que pronto conversaría con el único vínculo que me quedaba de los días felices con Alfonso en Lausana.

Caminé con cuidado hacia la barra. A mi edad había que evitar cualquier tropiezo. Me había detenido a un lado de la barra, cerca del frigorífico, nerviosa con la expectativa de mi conversación con Martin Munro, cuando la voz de Ricardito volvió a inundar el recinto.

Porque yo a donde voy

hablaré de tu amor
como un sueño dorado
y olvidando el rencor
no diré que tu adiós
me volvió desgraciado…

—Esa canción me vuelve la piel de gallina. Me llega al alma—escuché al larguirucho decir con palabras entre cortadas por el alcohol. Estaba a mi izquierda y no se dirigía a mí sino al rechoncho pavo que formaba el techo de la gruta.

Sentí algo por aquel borrachín porque a mi también me llegaba al alma la canción.

—¿Quieres un poco para entrar en calor?— le preguntaba al ave, vertiéndole poco a poco la mitad del trago que usaba como lubricante mientras le daba fricciones. —La culpa fue mía, mía, mía, sola mía.

Su voz ondulaba como la radio de onda corta que escuchaba mamá en Suiza y le masajeaba el ala izquierda que había logrado descongelar. — ¿Estás entrando en calor? A ella también le gustaban mis masajes. ¿Sabes una cosa? Vine para acá en balsa.

Escuchaba atenta cuando Mimi, la camarera, se me acercó.

—Tenga cuidado —me dijo. —Mejor se va hacia la otra esquina de la barra. Voy a llamar al guardia porque está al descocotarse.

El guardia se acercó al frigorífico pero guardó distancia. Parecía más interesado en lo que ocurría en la mesa del cónsul y las entrometidas. No me alejé y continué escuchando aquella conversación. No sabía por qué me interesaba aquella conversación tan extraña.

—Pasé a verla a la sacristía como todos los martes y

jueves —continuaba el larguirucho hablándole al pavo. —Ya nos queríamos hasta los huesos. Iba a venir conmigo.

Me fijé que la saliva se le desbordaba por la comisura de los labios con cada palabra. Tenía la consistencia de la champola que preparaba Agripina y servía Colirio en casa de mamá.

—Ahora te voy a calentar el muslo derecho. Lo tenía igual que tú, liso como la piel de un bebé.

Me tuve que echar a un lado. El larguirucho había perdido el equilibrio y se aferraba al borde del frigorífico. Logró enderezarse. El guardia lo miró enfadado por la distracción de llevarle la vista de la mesa del cónsul, de interrumpirle.

—Tuve que ir a mi pueblo a conseguir unas cámaras de gomas de camión y mi perro, Pelusa que no lo iba a dejar atrás. Las cámaras eran para que la balsa flotara. Esa fue mi desgracia, el viaje.

El borrachín bebió el resto del trago de un golpe mientras sacaba del bolsillo un frasco de lo que parecía ron y se lo empino.

—No había transporte. Por eso me demoré. Allí se vivía como en la época que llegaron los hermanos Pinzones. Llegué una semana después. Mira te está entrando en calor el muslo. Está cogiendo color.

Tenía los ojos inyectados de licor, sus palabras casi incomprensibles.

—Cuando regresé no la encontré. Habían trasladado a Urraca a otra misión. Se la llevaron esos hijos de puta. Me la llevaron —gritaba a todo pulmón, interrumpiendo la actuación del joven con los ojos almizclados.

El guardia hizo ademanes de apresarlo, pero corría de un lado al otro de la pista, subiéndose en una de las mesas, tumbándolo todo. Comenzó a bailar, tambaleándose mientras intentaba besar el pavo que llevaba contra se pecho, pero no le encontraba la cabeza. El guardia logró agarrar el pavo por una pata y el larguirucho, perdiendo el equilibrio, cayó al piso. El pavo fue resbalando hasta chocar con una pata de la silla del cónsul. Vi cuando Barbarita , aprovechando el desorden, metía el ave en un bolsón que llevaba. Tres días después me tocaba a la puerta para probar las croquetas de pavo que había hecho. ¡Qué diferencia aquel vulgar espectáculo con las fiestas de Georges y Madame Morin en Lausana, y las suntuosas recepciones de mi hermana!

Los músicos trataban de salvar la situación intentando de tocar por encima del tumulto mientras la madre de la niña declamadora la incitaba a recitar otro poema de la uruguaya, Capucho, cuyo nombre ahora me resultaba algo familiar. La niña recitaba a gritos mientras su madre la increpaba que lo hiciera con más fuerza cuando el borrachín desaparecía arrastrado hacia fuera por el guardia como los sacos de azúcar del almacén de papá en las márgenes del Río Undoso. Gemía y su perro que lo había aguardado a la puerta del local, aullaba desesperado.

— Qué no me separen de ella — decía mientras intentaba darle un puñetazo al guardia. No sabía si la separación se refería a la mujer o al pavo.

El guardia se encolerizó, agarrándolo por el cuello. Estoy segura que lo hubiera estrangulado si no fuera que en ese momento se marchaban precipitadamente Barbarita, la Mirta y el cónsul de España. Los ojos del guardia se clavaron con tanta intensidad en la figura del cónsul, sus manos perdiendo fuerza. Conocía bien ese mirar del guardia, el mirar de los celos. El borrachín lograba respirar, lanzando unos ronquidos ensordecedores, tratando de tomar bocanadas de aire. Sentí lástima por aquel ser.

—Apúrate, Gumer —decía la Mirta que ahora así apodaba al cónsul.

Yo buscaba a Martin Munro, pero no le encontraba por ninguna parte. Se habría escabullido durante aquel tumulto. Fui la última en salir, casi tropezando con el borrachín que dormía en el pavimento del estacionamiento, el fiel animal a su lado.

Isaac Goldemberg

Fábula del Ser Nativo y del Ser Inmigrante

Cien gramos de huesos que supuestamente
pertenecieron al Ser Nativo fueron analizados y mostraron
un parecido notable con el ADN del Ser Inmigrante. Pero
los científicos no estuvieron seguros.

Tal fue el destino del Ser Nativo: ni los análisis de
ADN pudieron develar el misterio de sus restos. El cráneo
reducido a un fragmento ¿fue en verdad del Ser Nativo
o perteneció al Ser Inmigrante? Buena pregunta, y difícil
respuesta.

Los restos encontrados en pleno espacio sideral
público fueron descritos de la siguiente manera: ser adulto,
de entre setenta y cien años, medianamente robusto y de tipo
terráqueo. Podía ser cualquiera.

—Los resultados preliminares no descartan que
los huesos sean los del Ser Nativo—, señaló uno de los
científicos responsables del análisis genético de los restos,
llevado a cabo en la estación interplanetaria cercana a la luna.
En otras palabras, podía que sí. Y también podía que no.

Otro científico declaró:

—Los datos parciales apuntan hacia la existencia de
una secuencia del mismo tipo de ADN mitocondrial entre
ambos seres.

Sucedía que el ADN mitocondrial se heredaba
de madre a hijos y podía ser compartido por dos sujetos,
siempre que fuesen hermanos. Entonces, quedaba la duda
en cuanto al parentesco entre ambos seres, pues uno era

nativo y el otro inmigrante totalmente. Mientras tanto, otros científicos señalaron que los verdaderos huesos del Ser Nativo descansaban en otra galaxia, mientras que los del Ser Inmigrante jamás habían abandonado la Tierra.

Fábula de la globalización

Hace algunos años, el humano dio la voz de alarma, gritándole en la cara a los líderes interplanetarios que su criminal política de comercio haría estallar la galaxia entera. Por única respuesta, el imperio y los subimperios galácticos siguieron reprimiendo, invadiendo militarmente planetas, ahondando la discriminación y el despojo comercial.

Los sucesivos tratados comerciales profundizaron el empobrecimiento de los planetas subordinados al mercado interplanetario y sus pobladores comenzaron a migrar masivamente hacia el Norte, hacia planetas más prósperos. Hasta entonces todo iba bien, los planetas ricos mostraban aquellas manifestaciones como ejemplo de la democracia neo—neoliberal y los empresarios del Norte aumentaban sus ganancias pagando la mitad de precio por la fuerza laboral tercergaláctica.

De repente, en los primeros días del año 2205 la galaxia recibió la noticia de que los ghetos del planeta Tierra se estaban sublevando contra el orden que los rebajaba como seres humanos, a pesar de tener en sus bolsillos una cédula de identidad galáctica. El planeta que tomó la fortaleza de la Bastilla en París; el planeta que se insurreccionó de nuevo en los Estados Unidos de América; el planeta que sorprendió a la galaxia con una insurrección estudiantil y obrera contra las democracias del capitalismo y del comunismo, ahora se insurreccionaba contra los efectos de la Globalización galáctica, como eran las medidas discriminatorias y marginantes de la democracia del mercado. Insurrección que se extendía a todo el planeta y amenazaba con extenderse al resto de la galaxia.

Fruto todo ello del fracaso de una política integracionista que quería mano de obra barata para limpiar sus calles y sus casas, pero sin que le ensuciaran sus aceras o sus alfombras.

Millones de humanos seguían entrando a los planetas del norte en busca de un pedazo de pan que cuatro siglos de capitalismo (inversión, empleo y crecimiento) no habían podido suministrarles. Millones de humanos se jugaban la vida a diario atravesando el Estrecho de La Vía Láctea para exigir aquellos derechos prometidos por la Globalización galáctica de que así como las corporaciones llegaban a los planetas tercergalácticos, igualmente los pobladores tercergalácticos podían llegar a los planetas del Norte, los más poderosos.

Los migrantes y las migrantes se habían convertido en uno de los sujetos de la injusticia y de la contestación. Al desempleo que padecían en sus propios planetas se agregaba ahora el racismo aristocrático y humillante de los habitantes de los planetas del Norte. Los que ahora se rebelaban contra el infierno de la Globalización galáctica eran los mismos condenados de la Tierra que el Profeta otrora invitara a emanciparse del complejo colonial.

Así, el tercer mundo galáctico llegaba al primer mundo. La metrópolis los necesitaba como esclavos, pero no lograba asimilarlos como ciudadanos. No eran sindicalistas porque no tenían empleo, no pertenecían a gremios porque no tenían patrimonio, no se organizaban legalmente porque no tenían permiso. Simplemente se insurreccionaban, como lo que eran, como marginados, testimoniando las contradicciones de la Globalización galáctica.

Pero la contradicción se convirtió en conflicto: no había policías para tantos migrantes insurrectos y la paz galáctica se descomponía. "¿Qué quieren los humanos?", se preguntaban los medios de comunicación. Para empezar, el humano sabía lo que no quería de los planetas del Norte: racismo, humillación y desprecio, no seguir viviendo como hasta el momento lo habían hecho, con la cabeza baja, esperando compasión, sensibilidad, comprensión, solidaridad, empleo, salud, educación, en fin, estado de derecho para ellos. Lo que querían era salir de la confusión. Si eran ciudadanos galácticos, aunque hijos de migrantes ¿por qué tanta saña y odio por parte de la policía, el conserje, el resto de ciudadanos? ¿Por qué su origen humano tenía que generar tanta diferenciación?

La humillación se convirtió en rabiosa dignidad y comenzaron a quemar los símbolos de la jerarquía que los discriminaba: vehículos, escuelas, bibliotecas, supermercados. Miles de incendios en pocas semanas, desobediencia a las autoridades, pérdida del respeto y del miedo, incluso diversión, la única que habían tenido hasta ahora.

"¿Qué hacer?", se preguntaba la población galáctica, atónita ante la rebelión de los condenados de la Globalización y ante la pérdida repentina de su seguridad ciudadana. "¿Qué arma utilizamos?", discutían las autoridades galácticas, mientras desempolvaban los mecanismos represivos que utilizaron hacía medio siglo contra los abuelos humanos de estos mismos humanos. Finalmente, la galaxia se decidió y decretó el estado de emergencia. Toque de queda en varios planetas, suspensión de los derechos ciudadanos, persecución y arrestos, testimoniando así el fracaso del estado de derecho y la farsa de los derechos galácticos del humano y del ciudadano planetario.

Fábula de los huecos

En medio de la ciudad, rodeado de calles y del denso tráfico capitalino, el Hueco abrió sus fauces y llamó con un alarido a los arqueólogos. Estos decidieron sacar una radiografía de su interior, valiéndose de un detector de rayos cósmicos. Declararon que esperaban encontrar evidencia de entierros ceremoniales y cámaras ocultas. Precisaron que una vez que los rayos cósmicos atravesasen el objeto de estudio efectuarían un mapeo de la cantidad de partículas cósmicas, en función de su dirección. El arqueólogo jefe declaró a la prensa:

—Si llegan más de estas partículas en alguna trayectoria quiere decir que posiblemente el Hueco sea más que un hueco, es decir una cámara oculta o una tumba de algún inmigrante.

Los arqueólogos cavaron toda la noche hasta toparse con unas osamentas que les permitiría reconstruir por primera vez los rostros de los antepasados del inmigrante. Entonces, así lo hicieron y vieron que los rostros reconstruidos pertenecían a un hombre y una mujer. Eran de ojos grandes, con narices y orejas protuberantes y pómulos salientes.

—Fue un trabajo muy complicado —dijo el arqueólogo forense—. Los huesos estaban muy fragmentados por el paso del tiempo y la humedad. Lo que hicimos fue establecer el sexo, la edad, la estatura, el patrón racial: era una pareja de humanos.

Los cálculos indicaron que el hombre tenía unos 40 años, medía más o menos un metro setenta de estatura y tenía lesiones en la columna, lo que hizo suponer que se dedicaba al arado. La mujer tenía aproximadamente 30 años, medía 1.45 y las evidencias señalaron que tuvo dos hijos hombres. Éstos habían sido colocados encima de los cuerpos de sus padres. Uno de los hijos mostraba una extraña mancha en la frente, una especie de quemadura. El otro, una herida profunda en el cráneo. Los arqueólogos reconocieron en esta pareja y sus hijos a la fuente verdadera de los humanos. Sin embargo, dos días más tarde, otro Hueco hizo su aparición a dos metros del primero. Todo indicaba que era un Hueco mucho más antiguo. En él yacían sepultadas cuatro personas: una pareja con sus dos hijos, también hombres. Los arqueólogos miraron confundidos primero a un Hueco y luego al otro, pero los huecos guardaron silencio.

Fábula de la nada

Se dijeron muchas verdades acerca de la incomprensión del humano para la figura y doctrina del Ser Supremo, pero sería erróneo creer que llegó a odiarlo. Ocurrió que no estaba en relación con Él. Ocurrió que se sintió turbado, desagradablemente irritado, ante algo que estaba más allá de su entendimiento. ¿Qué necesidad interna impulsó al humano a fundar la religión del Ser Supremo? ¿El deseo de extinguir el primitivo ser? ¿Libró la batalla decisiva solo y en pie, y sin moverse de su lugar?

El humano nació y no encontró resuelto ningún problema. En él todo estaba amenazado y en peligro, y todo debió de conquistarlo por su propio esfuerzo. Tembló ante la posibilidad del pecado, materialmente diverso para cada uno.

Ocurrió que fundó la religión del Ser Supremo porque en él albergaron las pasiones terrenas, y hubo de permanecer cuarenta días en el desierto, luchando con el enemigo interior. Ocurrió que humanizó al Ser Supremo, pero no pudo vencerlo.

Entonces, aquí uno, allá otro, el humano eligió lo que carecía de sentido, prefirió el instinto y la Nada en la propia persona: ser pensante constituyó un enigma. Todo el universo le fue problemático, pero también aprendió el modo de dar respuesta al enigma y colocó firmemente su pie sobre el abismo.

Fábula de la identidad

Centurias que no visitaba el planeta Tierra, que no entraba a ningún templo, que no guardaba las reglas de ninguna religión, que no justificaba incondicionalmente la política terráquea, y no obstante, se identificaba como humano. Lo conocían como humano en los ámbitos en que se desenvolvía, incluso se enfurecía si alguien le decía que no lo era. Sucedía que no tenía la menor duda de ser humano y no podía ni quería dejar de serlo. Admitía, sin embargo, que pudiera pensarse que hubiera ahí algo contradictorio o, peor aun, que se tratase de una inconsistencia entre lo que se es de hecho y lo que se cree que se es.

Cuando se sentía de buen humor solía decir que era un ejemplo de aquellos sociólogos y psicólogos a quienes les era difícil explicar la existencia de humanos fuera de la Tierra toda vez que las categorías típicas de identificación —religión, raza, nación, etnia y similares— no eran suficientes. De allí que, según esta consideración, humano era aquel a quien los otros consideraban como tal. Es decir, se era humano por señalamiento del otro.

Pero en el fondo nadie nadie fue capaz de definir al humano, porque ser humano era la conciencia de ser humano, y la identidad humana, con o sin religión, con o sin historia, era lo verdaderamente significativo para quien lo era. Tal conciencia se podía manifestar a través de diversos aspectos —religión, costumbres, identidad planetaria, etc.— pero ninguno de ellos, por sí solo o en conjunto, era suficiente para definir al humano. De serlo, se hubiese equiparado una vivencia existencial fundamental con un mero recuento de características.

Cabía preguntar, entonces, qué llevaba a esa conciencia que proporcionaba la identidad humana. El humano pensó que se trataba de una actitud presente en la raíz misma del humanismo. A diferencia de algunos ideales y formas de vida de otros planetas de la galaxia —el universalismo, por ejemplo, que anhelaba que el individuo se hiciese uno con el Universo— el humano se colocaba frente a él con el propósito de entenderlo y transformarlo. Si bien esta actitud ante la vida fue la que el humanismo legó a la galaxia, mantenía un tinte propio y distintivo. No se trataba de salvaguardar, por ejemplo, las leyes porque involucraban el principio de la justicia, como sucedía con los seres de los otros planetas. La actitud humana era otra: exigía la acusación, el enfrentamiento y el intento de reforma cuando se consideraba que había un estado de iniquidad, injusticia o corrupción. Esta actitud es la que grabaron en el alma del humano, como salió a relucir en las denuncias de sus profetas contra los líderes corruptos de la galaxia. Se trataba no sólo de pensar correctamente, sino de actuar correctamente según lo que se pensaba. ¿Sería por ello que en no pocas ocasiones el humano fue percibido como revolucionario, provocador o subversivo? Desde esta perspectiva, la dimensión fundamental del tiempo para el humano fue la del futuro. Entonces el humano siguió esperando.

Fábula de las cosas de Dios

Cuando los asesinatos en masa comenzaron, el mundo estaba bien informado mediante sus propios canales diplomáticos y una gran variedad de otros contactos. Pero el silencio fue real. Nadie advirtió a nadie que el prestigio de la humanidad estaba en peligro gracias a las atrocidades cometidas en contra del humano e incluso en contra de algunos animales domésticos. Nadie llamó la atención de nadie. Hacerlo hubiera adelantado la masacre de las víctimas. Sin embargo particularmente notorio fue el memorandum anónimo que denunciaba los hechos detallando lo que hasta el momento nadie había visto.

Y en cuanto al futuro de los humanos no hubo elemento alguno de misterio en los discursos que proclamaban su aniquilación durante por lo menos mil años. El mundo trató con suma cautela la amenaza y hubo quienes la tildaron de exagerada y parte de la guerra psicológica. Funcionarios dispersos del planeta fueron los primeros en propagar reportes siniestros respecto a la significancia de las deportaciones ese año y al poco tiempo de los asesinatos en masa. Un funcionario anónimo estuvo lo suficientemente preocupado como para enviar el siguiente correo electrónico: Humanos. Situación horrible. No puede haber duda alguna, la mayoría ya ha sido aniquilada. Campos de muerte especiales en diversos planetas. Transportados allí en naves espaciales de ganado, herméticamente selladas.

Fábula de los humanismos

No había un humanismo único y la idea de que alguna vez lo hubo fue un espejismo histórico. Una vez se le preguntó al humano qué clase de humanismo profesaba. Respondió que su humanismo era privado. ¿Una postura excéntrica?

Lo cierto es que la posición que definió al humanismo por el vientre materno estaba totalmente obsoleta. Ya no era el nacimiento lo que definía la identidad y los ejemplos que brindaba la vida eran infinitos tanto en la Tierra como en la diáspora. Hubo cónyuges no convertidos que compartieron intensamente la vida humana de su pareja y que tuvieron un claro sentido de pertenencia a la especie humana. Más que nadie, ellos supieron lo difícil que fue ser humano.

Para los humanos de la diáspora intergaláctica, la adhesión espiritual al Planeta Madre constituyó un factor de identidad humana más definitorio que la religión. En otras épocas, algo semejante hubiera sido impensable. Pero el mundo cambió y los humanismos cambiaron en la era de la globalización intergaláctica.

Fábula de la civilización

Un día la Civilización optó por desaparecer del mapa, y lo hizo sin avisar a la televisión ni a la prensa escrita. Siglos más tarde, los estudios en zonas arqueológicas humanas revelaron que el deterioro climático, el incremento desproporcionado de la población y las guerras fueron algunas de las causas que propiciaron su colapso.

Muchas fueron las teorías propuestas sobre el

abandono masivo del planeta. La de más arraigo tuvo que ver con una supuesta degradación ambiental producida por cambio climático, y agravada por un explosivo incremento poblacional.

En un artículo dado a conocer por la revista Arqueología Humana, se dijo que existía evidencia tendiente a apoyar esa tesis, pero también información que la contradecía.

Una arqueóloga del planeta vecino destacó:

—Gracias a las excavaciones realizadas en las grandes ciudades del planeta, se ha avanzado en el conocimiento de las sociedades que poblaron esos sitios. Ahora sabemos — continuó la científica—, que dichas ciudades tuvieron una ocupación continua durante todo el siglo y que en ese período experimentaron al menos dos fuertes depresiones demográficas. Esto culminó en el abandono total de las ciudades y luego del planeta.

Señaló que la historia de la Tierra era más de tipo cíclico que de naturaleza lineal, "lo cual no debe extrañarnos —agregó—, pues se trata de un patrón común en el planeta".

Fábula de la conversión

Sacando la cabeza por entre la pared, la Conversión dijo:

—El proceso es la palabra clave, cambios de esta magnitud no se producen en un solo día ni en una sola noche.

Entonces penetró en el humano. Le aconsejó tener paciencia, coraje y sentido del humor. La Conversión quiso darle al humano su propio hogar espiritual y le advirtió que a lo largo del camino podría descubrir la elección no correcta. No había ninguna obligación de elegir la nueva identidad.

La Conversión no lo consideró un asunto personal. Sabía que no podía forzar en el humano una nueva identidad. Sus rituales marcarían formalmente el hecho pero modelar el ser de cada uno dependía del humano mismo. La Conversión se asignó dos papeles básicos: asegurar el compromiso del humano y acompañarlo en su viaje espiritual. Su participación activa en el proceso fue de una importancia crítica. Trabajó con el humano para examinar las presunciones tenidas durante largo tiempo. De nuevo, la paciencia y el sentido del humor fueron importantes.

Ya totalmente en el exterior, en plena calle y sobre su púlpito, la Conversión dijo:

—Quien me elija debe haber participado en alguna experiencia humana central y haber explorado sus propias creencias.

Entonces la Conversión dio un curso en línea titulado "Introducción a mí misma". El curso fue seguido por la elaboración de un libro abierto, trabajo que revisaba el material cubierto y que demostraba la comprensión y el conocimiento completo de la información básica. El requisito cumplió varios objetivos. Puso al que iba a convertirse en contacto con la vida humana real. Le ayudó también a construir sus recuerdos humanos y a tener un pasado humano disponible.

La Conversión elaboró un cuestionario y preguntó desde su púlpito:

—¿Cómo se define el humano a sí mismo? ¿Cuáles son las creencias básicas del humanismo? ¿Cómo explicas el fenómeno de la vida? ¿Cuáles son algunas de las causas de la muerte? ¿Cómo te relacionas con los humanos? ¿Cuáles son los ingredientes de un hogar humano? ¿Los humanos son una raza, una nación, un grupo religioso, o un pueblo? ¿Por qué es la historia tan importante para los humanos y el humanismo? ¿Cómo ha afectado la historia a la vida humana? ¿Cuáles son las acciones y características más importantes de un buen humano?

Aún desde su púlpito, la Conversión recomendó libros y direcciones de Internet para ser revisados y discutidos. El éxito dependía de la dedicación de cada humano y del tiempo disponible para el estudio. El curso no era gratis. El precio se trataba directamente con la Conversión y el humano se responsabilizaba del precio de los libros. Y si la Conversión tenía que viajar para realizarse a sí misma, el humano corría con los gastos. El humano debía comprometerse a continuar el estudio del humanismo y los textos humanos por el resto de su vida. Además, debía comprometerse a educar a sus hijos como humanos.

Bajándose del púlpito y dirigiéndose a su hueco en la pared, la Conversión volvió a decirle:

—Procura ser paciente contigo mismo y con el proceso.

Fábula del museo

Casi diez millones de objetos fueron seleccionados para ilustrar un recorrido por la vida humana. De todos estos, documentos, obras de arte, escritos y testimonios de todo tipo, dos millones eran de propiedad del Museo y cinco millones préstamos. Uno de los más significativos era el decreto de un líder en el que disponía que los humanos que habitaban las cuevas de la región sur podían ser llamados a filas para integrar el ejército del grupo. Se trataba del primer testimonio escrito que acreditaba la presencia de humanos en dicha región.

En el Museo tenía cabida también la Galería de las Cosas Desaparecidas. Quería recordar la idea y el ser de lo ausente como testimonio de los humanos asesinados y los bienes culturales vendidos al mejor postor. El Museo disponía de cien guías especialmente formados para realizar una serie de visitas temáticas ya establecidas que se extendían por todas las etapas de la historia.

Estuvieron presentes en la inauguración autoridades de todos los planetas, así como los máximos representantes de la humanidad en el mundo entero. El presidente del planeta Quandu, fue invitado especialmente en agradecimiento por haber acogido a millones de humanos refugiados de la última guerra.

Miguel Gomes

Australia

Mi hermano había ido a buscarme al aeropuerto. Luego del abrazo obligatorio, la impresión que siempre causa el golpe de calor y humedad al salir me recordó el desánimo de cuando uno deja el país; o, mejor dicho, el de los días previos a la partida, en que uno no sabe qué siente. Gabriel me ayudaba con el equipaje, un par de maletas casi vacías a propósito, para llevarme cosas que no había podido arrear conmigo la otra vez. Encontrar en el estacionamiento el Ford Granada comprado por papá hacía veinte años me conmovió. Se colaba en el nuevo milenio con cicatrices de óxido, aporreado.

—Imagínate —me dijo Gabriel mientras entraba el equipaje— que todavía este año han tratado de robárselo dos veces, supongo que para sacarle repuestos. Aquí nada se desperdicia.

Salimos de Maiquetía, empezamos a subir por la autopista repasando el malestar que luego de un tiempo sin verlos causan las latas y el ladrillo crudo de los ranchos que penden de las laderas, a la espera de la primera lluvia para deslizarse, y entonces leo la enorme valla publicitaria que debe de seguir allí:
SI NO ESTÁ EN LAS PÁGINAS AMARILLAS,
NO EXISTE
Antes de irme del país creo que mi nombre apareció en las tales Páginas; en ese entonces casi todos los teléfonos fijos eran de gente mayor, pero yo tenía mi bufete, regalo de mis padres, y había empezado a ejercer con más o menos éxito (¿Cuántos expertos en propiedad intelectual había? Todavía se cuentan

con los dedos de la mano). Desde el principio, cuando me independicé, usé móviles; últimamente me limito al ordenador. Claro que no necesito más; desde que dejé Caracas no ejerzo. Pero en esa época mi nombre estaba en las Páginas y yo existía.

Entre rancherías y recuerdos desencontrados, miraba el perfil de mi hermano, concentrado en el volante, murmurando cosas que no era necesario comprender cuando se le atravesaba sin aviso una moto o mientras evadía las nubes negras que dejaban los coches destartalados que nos pasaban de vez en cuando. Gabriel es licenciado en Historia, una persona civilizada, así que no es de los que se saltan carriles y van como torpedos. Después del abrazo en el aeropuerto y la conversación sobre las canas que nos salían, la primera vez que dijo algo sustancial, poco antes del primer atasco, fue sobre mi manera de hablar:

—Vienes con acento.

—Tal vez por el catalán; en Barcelona uno tiene que aprender siquiera un poquito para entender y atender a los clientes. Algunos se lo toman a pecho.

—Solo te falta pronunciar zetas.

—El catalán no las tiene; eso solo en castellano... Curioso que me digas que tengo acento español. Allá notan enseguida que vengo de fuera. Eso sí, como hay tantos y soy blanco, se piensan primero que soy argentino. A uno lo llaman sudaca y con eso lo arreglan: les sirve para meter a todos en un mismo saco. Conmigo se han dado de dientes alguna vez, porque tengo la nacionalidad. Cuando me preguntan cómo hice para naturalizarme y les explico que no lo hice, les cuesta entender. Se les olvida la cantidad de españoles que tuvieron que venirse a Venezuela.

Gabriel me escuchaba sin apartar la vista de la autopista; andaba tenso. Creí al principio que por nuestro encuentro, luego de años de únicamente hablar por teléfono. O porque hubiese recordado nuestras riñas o la rivalidad, majaderías de la edad, supongo, en la que anduvimos en la adolescencia: desde el que hacía más deportes o corría más rápido hasta el que se levantaba a la vecina que estuviera más buena; no hablemos de las respectivas profesiones que íbamos a elegir; o de lo que me reí cuando a él no le salió el cupo en Periodismo, Comunicación o como le dijeran, y le tocó la segunda opción, Historia. Aquella fase estaba enterrada. Uno empieza a envejecer y queda el hecho de ser hermanos. No me prestaba toda la atención cuando le hablaba, más bien, por miedo: no quería que se nos hiciera de noche; le habían contado que las emboscadas en la autopista eran cada vez más frecuentes.

—Bloquean la salida del túnel con dos carros. A punta de pistola te bajan; te quitan lo que llevas encima y también, claro, lo que estés manejando, incluso si es un Ford Granada de antes de Noé. Si te acompaña una mujer de menos de sesenta años, puedes estar seguro de que se la quedan, al menos por un rato. Con suerte, la encuentras dos días después en algún punto de Caracas. Pero hasta en Puerto La Cruz o Lecherías las dejan tiradas. No hablemos de en qué condiciones.

Anécdotas así, entre otras cosas, explicaban que me hubiera ido. Me lo confirmaba un vistazo a los arbustos erizados de espinas y las barracas miserables. A veces, uno podía volver a mirar con inocencia la cumbre azul de un monte, pero era algo demasiado fugaz. Se imponían los zamuros; la basura; el paisaje torturado por la luz; los anuncios que te decían que no existías y los otros, los de siempre, mujeres de labios rojos con botellas de Coca—Cola.

Caracas allí estaba. No sé si la empecé a encontrar en los túneles o las laderas de cemento, cada vez más grises. La ciudad reptaba por la autopista, impregnada de humo y manchas de aceite. Por un rato le seguimos el curso al Guaire, que no había cambiado en nada. Los rascacielos de Parque Central me llamaron la atención por lo cariados. A la altura de la Universidad Central, Los Chaguaramos, Bello Monte, el alumbrado público recuperaba las formas de los edificios quitando o agregando detalles para distinguir su realidad de mis recuerdos.

Salimos de la autopista en Chuao. Fui reconociendo las urbanizaciones mientras glosaba aquí y allá los cambios para peor, aunque me esforzaba en no sonar monótono. La suciedad y el abandono me hartaron; de la tristeza me abstuve de hablar, suponiendo que Gabriel había tenido una sobredosis. Incluso las luces rojas duraban más. Pero todo era adivinatorio; el viaje se me había hecho largo y en El Prat habíamos estado en la sala de espera ocho horas por una huelga de trabajadores.

Desde el agotamiento contemplaba Santa Marta, Santa Sofía, San Luis, a mi derecha; a la izquierda Caurimare, El Cafetal, un trocito de Santa Paula de nuevo a la derecha, El Cafetal otra vez (qué horror los murales de la Escuelita: antes había escenas de folclor, bailes del sebucán, diablos de Yare, cosas así; ahora caras de Simón Bolívar y uno que tal vez fuese Antonio José de Sucre, pero que se me confundía con Barnabas Collins). Finalmente, apareció Plaza Las Américas y, enfrente, la avenida cuyo nombre no recordaba, pero que iba a dar a Cerro Verde y Los Pomelos. Una vez más, subir un poco, por las colinas. El parquecito donde jugábamos al béisbol Gabriel, yo y algunos vecinos cuando teníamos trece años; o donde, con veinte, nos aficionamos al footing. Y estábamos en Santa Paula otra vez. Sólo entonces le pregunté a Gabriel por qué no habíamos subido por la entrada del bulevar de El Cafetal. No me respondió; enseguida buscó un aluvión de temas, mira lo que hicieron con la puerta del estacionamiento qué desastre mira lo que hicieron con el portal mira cómo tienen de descuidada la acera mira cuántos carros paran los vecinos del 9—B y los desconsiderados ni piden permiso y a que no sabes lo que hace la Junta de Condominio con los que no pagan a tiempo les publican el nombre en una listita que hay en las puertas del ascensor imagínate, pero no me respondió. No insistí porque sospeché cuál era la razón.

Aunque el edificio de nuestros padres tenía nombre de río, el tiempo parecía estancado en él. Nadie le había dado una mano de pintura desde que me fui; las grietas eran enormes; las puertas del ascensor se descascaraban y los ruidos del aparato lo ponían tenso a uno. Los antiguos conserjes eran gallegos, italianos o portugueses; la señora que nos dio las buenas noches no parecía extranjera. En la época en que enterramos a mi madre los corredores estaban llenos de macetas con helechos; ahora no veía más que paredes y escaleras que nadie pulía.

Reconocí la reja y la Mul—T—Lock. Les habían agregado recientemente dos paños blindados. En Barcelona me había desacostumbrado a ellos.

—Papá los puso un mes antes de morirse —Gabriel se sintió en la obligación de aclarármelo porque hacían un ruido de portón de castillo. En cuanto metió la llave, oí que mi hermana se acercaba a la puerta.

También con Ana María hubo abrazos y examen de canas, corazón, cómo andas; qué lindo… Nos decía corazón y se ponía a llorar. A diferencia de Gabriel, no me dio un apretón a distancia; la sentí allí, agarrándome del cuello. Le pregunté por los niños y el marido. Me dijo que estaban bien, que les gustaba el apartamento en Ciudad de México. A Alberto lo habían contratado para escribir telenovelas; era un buen trabajo. De mis sobrinos había visto fotos; ahora en un tercer país, se hacían todavía más abstractos. Ana María había ido y regresó la semana pasada, para seguir liquidando sus propiedades caraqueñas. Eso incluía terminar la mudanza; el apartamento de nuestros padres aún tenía cosas suyas. Había venido igualmente para verme, para conversar los tres juntos, ella, Gabriel y yo. Demasiados años habían transcurrido y no sabía cuántos más pasarían sin que pudiéramos hacerlo; ellos emprendían la aventura mexicana, como la llamaba; Gabriel se iba a Baltimore, con Tomasín; yo seguía en Barcelona, sin muchos recursos tampoco para viajar (esto lo añadí mentalmente).

—Lástima que me vaya tan pronto.

Ana María tenía un boleto para dentro de tres días: Alberto no podía bandearse él solo con el nuevo trabajo, el nuevo país, los muchachos.

Gabriel parecía ocupado; ponía mi equipaje por aquí, rodaba cajas por allá. Todo en el mayor silencio. En una de esas, me miró como a punto de sentenciarme:

—Ni siquiera preguntas por Tomás.

Se me trepó la vergüenza por los carrillos; él lo notó y, como disculpándose, sonreía mientras apuntaba al interior del apartamento. En la oscuridad, nos acercamos a la habitación que habíamos compartido antes que Ana María se casara y me dejase la suya. Adentro había una cama y en la penumbra distinguí a Tomasín. Quise decir algo amable, como que se parecía al padre o qué grande que estaba, pero la habría embarrado más, porque era obvio que iba a usar frases de relleno; ni siquiera veía bien al niño, que dormía de cara a la almohada.

Ana María nos sacó de la contemplación: había preparado una cena que imitaba las de mamá. Quién se lo hubiese imaginado: mi hermana se había casado de joven con Alberto, luego de un noviazgo escandaloso por lo independientes que se mostraron desde el primer día; luego vino el revuelo de la ceremonia civil sin la eclesiástica. Aquella fue gorda. Mi padre se había amargado un montón y mi madre, aunque con mala cara, molestó menos. Alberto sólo volvió a ser bienvenido cuando nació mi primer sobrino, porque los nietos calman el reconcomio. Nadie mencionó la falta de iglesia a partir de ese día. Si me acuerdo… Yo empezaba los estudios de Derecho, y venía de la universidad alborotado y hambriento; los nervios no me habían dejado almorzar. Entonces llego al apartamento y siento que papá hablaba puro gallego por teléfono; le pasaba cuando estaba contento. Resulta que los consuegros, también gallegos, o él gallego y ella de otro lado, nunca lo tuve claro, le anunciaban que Ana María ingresaba en la maternidad esa misma noche, y que el parto no tardaría. No dormimos. No comí nada hasta la mañana siguiente, cuando ya tenía que pirarme a mi segundo día de clase, con la misma ansiedad del primero, más falta de sueño. Fue una semana loca, pero me gustaba la sensación de estar en mil cosas. O será que me ha comenzado a gustar ahora, de lejos.

Cuando me gradué, Ana María tuvo el segundo hijo. Le hice ver la coincidencia y por eso lo bautizaron con mi nombre. O lo harían también para compensar: al anterior le habían puesto como al otro tío, Gabrielín. Antes de ese ajuste de cuentas, se me ocurrió que llamar como a mi hermano menor al primer niño significaba algo; pero nadie más en la familia lo comentaba y no quise ponerme a buscar una quinta pata. Además, vivía en un sobresalto, entre los estudios, las pasantías, los cursillos de inglés. Dos sobrinos, con los nombres cruzados: el mayor, tocayo del tío menor; el menor, tocayo del tío mayor. Nada de particular. Soy el padrino del que lleva mi nombre y, como corresponde, mi hermano del que lleva el suyo. Ana María es la madrina de Tomás, al que yo no había visto hasta la noche de mi regreso a Caracas. Nació unos años después de que me fui.

En aquella cena con Ana María y Gabriel repasamos hechos que eran más anécdota que nada; digo, porque incluso recordábamos las veces que los habíamos recordado y las palabras con que los narramos. Cuentos más tangibles que los momentos de los que se desprendían. Hubo risas en un par de ocasiones, hasta que el tono tuvo que bajar. Hablamos del cementerio y les adelanté que prefería no ir; que no se lo tomaran a mal, pero prefería no hacerlo. Hablamos del trabajo que todavía teníamos enfrente: meter todo en cajas, separar nuestras pertenencias y dividir las de nuestros padres. Aunque los tres nos habíamos mudado de él en alguna oportunidad, el apartamento estaba lleno de rastros de la vida común. Para colmo, cuando lo amenazaron en la universidad y renunció al cargo, Gabriel tuvo que vender su propio apartamento, a solo unas cuadras, y se instaló en este. Sucedió poco antes de la muerte de papá. En cierto sentido fue bueno: el viejo estuvo acompañado todo el tiempo. Ana María, Alberto y los muchachos habían vivido también allí una temporada, cuando el Gobierno cerró el Canal 2 y el marido de mi hermana se quedó sin empleo. Hablamos de la muerte de papá y ellos me pusieron al tanto de detalles que, entre la conmoción y los desvíos de las conversaciones telefónicas, se les olvidaron. Parece que papá les había preguntado si yo vendría, solo para insistir en que no lo hiciera. Ana María percibió que aquello sonaba mal y enseguida lo dijo de otra manera: que no vinieras porque todavía era peligroso; él estaba seguro de que los teléfonos tenían un ruidito raro y los chavistas seguían espiándonos. A los dos años del funeral de papá, un dedazo había sacado de su cargo al Ministro de Comunicaciones y a partir de ese momento la situación parecía más segura para mí. Pero pensé: si papá se hubiese muerto después, ¿me habría presentado a su entierro?

No dormí esa noche. Gabriel y Tomás compartían habitación. Ana María ocupaba la que alguna vez había sido la mía. Yo estaba en la cama de mis padres, padeciendo en unas horas los quince años previos. Reviví la muerte de mamá en ese mismo cuarto; mejor dicho, los pormenores de la mañana en que la encontramos allí. Papá casi se nos muere de la impresión. Se había levantado primero, madrugador como era y, sordo como también era, no había oído nada. El murió sin sufrimiento con que los médicos intentaron consolarlo no tuvo mucho efecto: las muertes naturales confirman que la naturaleza es una horrible asesina. El viejo quedó vuelto una piltrafa. Me di cuenta de que no me era ajeno. Por mucho tiempo lo había dejado plantado en un rincón, sin aversión ni nada que se le parezca, pero sí con indiferencia; murió mamá y entonces me entró la lástima por él. Sin exagerar: eso se lo dejaba a Gabriel, que había sido las niñas de sus ojos tal vez antes que supiéramos o aceptáramos todos que así era.

Que Gabriel fuese el preferido me pareció evidente cuando papá lo alabó por el primer libro que le publicaron. A mí nunca me había felicitado por nada; no hacía más que criticarme con indirectas: chistes de abogados. De ellos el infierno está lleno; si existiera la justicia, no los habría. Gabriel publicaba un libro sobre la Guerra Federal, que bien traté de leer pero era un plomo, y el mundo llegaba al llegadero. Me lo tomé con humor, supongo; hasta lo había olvidado. Pero esa noche de Caracas, en la cama de mis padres, desgastado por el viaje, el cambio de hora, la sensación extraña de haber vuelto a un país del que en el fondo nunca se sale y que sin embargo tampoco era literalmente el lugar donde nací y crecí, porque aquel país no existió, no figuraba en las Páginas amarillas, esa sensación, no me dejó cerrar los ojos, me puso a mirar el cielorraso, manchas de humedad en el blanco, la muerte silenciosa de mamá, la agonía más lenta de papá, los corazones que se infartan, las metástasis, los hijos que se van.

Del viejo no tengo quejas. En los últimos tiempos, cuando supo lo de mis problemas, se portó bien. De pronto como que me respetaba, a pesar de ser yo abogado de cantantes. Le expliqué que el derecho de propiedad intelectual importaba en Venezuela, donde nadie le hacía caso. Y los cantantes ¿son intelectuales?, me retrucaba con una tremenda sonrisa. No iba a enredarme en una discusión; ni siquiera tenía que decirme que para él propiedad intelectual eran solo los libros sobre la Guerra Federal. Además, juzgaría mi oficio una serie de pujos encorbatados para que unos cuantos cantantes recibieran el montón de dinero que dan las malas canciones. En fin, que la cosa cambió el día en que se enteró de que estaba armándoles pleitos a los de Venezolana de Televisión por plagiar a uno de mis clientes y que aquello se complicaba, porque el plagiario tenía consigo a los chavistas. Creo que le gustó a papá que me hubiese convertido en abogado con causa justa. Lo tuve pendiente de mí; preocupado por las llamadas intervenidas, cric cric cric se oía en mi teléfono, y otro cric cric cric en el suyo. El día que me pusieron en el buzón del edificio la nota donde me advertían que si no dejaba mis actividades contrarrevolucionarias las pagaría todas juntas, él comprendió que tenía que irme. Picar espuelas, pies en polvorosa. Me espantaron también a varios clientes. Yo no podía darme el lujo de ellos, que habían empezado a sacar sus pertenencias del país para radicarse en la Florida; no tenía tanto capital como para solicitar visas de empresario. Mejor era estarse en España y bregar desde allí. Pero, con el tiempo, el vigor se me disolvió; me las arreglé con empleos de supervivencia estricta, en restaurantes. Venezuela era un sálvese quien pueda; perdí los clientes después de vender a las carreras el bufete por una suma más bien simbólica. La tía Emilia, que vivía en Barcelona, me invitó a compartir con ella el piso de Cerdanyola y allí me quedé. Como murió sin nadie más, fui el heredero natural. Era la hermana de mi madre. Murieron de lo mismo. Quizá Gabriel, Ana María y yo nos muramos de lo mismo. Eso me lo repetían las manchas del cielorraso cuando salió el sol.

A la mañana siguiente tenía ojeras. Corazón, pareces un

cadáver: con Ana María costaba saber si exclamaba las cosas o las dejaba caer por descuido. Fue también la cara que le presenté a Tomasín y con la que debe de recordarme, ahora que está lejos. Tal vez no me recuerde de ninguna manera, absorbido por el nuevo país, la nueva escuela, el clima, la lengua extraña que, a lo mejor, empieza a dominar. Seguramente estará dominándola y será el que le dé clases al padre. Tiene suerte Gabriel. Son idénticos; viva estampa, como dicen las señoras mayores. Pero no comenté nada la mañana en que conocí a mi sobrino. Traté de portarme como tío; me pidió la bendición y se la di, pensando, más bien, en cómo era posible que tuviéramos aquel diálogo si el padre era profesor universitario, intelectual, ateo por consiguiente. La bendición, tío: habrase visto.

No era el momento de discutirlo. Íbamos a estar juntos con Ana María solo dos días más. Gabriel y yo, una semana.

No había agua. Se me había olvidado que en Caracas, de vez en cuando, restringen el suministro porque se secan los embalses; o porque las excavadoras se topan con un tubo sorpresa. Al parecer, la conserje había avisado que a las seis de la tarde abriría de nuevo la llave.

Pusimos manos a la obra cerca del mediodía. Ana María y Gabriel habían comprado o encontrado un montón de cajas de cartón y en ellas empezamos a meter nuestras respectivas pertenencias. Yo, al menos, seguí el orden de mis recuerdos: tenía libros aquí, libros allá, sobre todo los que había usado en la universidad; ropa, había dejado algunas piezas que me parecían inservibles a estas alturas (los disfraces de abogado de hace década y media: corbatas por docenas); papeles: antes de irme a España había tirado a la basura y confitado toneladas, y aún aparecían en los armarios. Suerte que el de mis padres era un apartamento enorme.

En algún momento, Tomasín me socorrió. Él y el padre

habían adelantado bastante los trámites de la mudanza; venían haciéndolo desde hace meses. Me explicó Gabriel que ya había mandado varias cajas a los Estados Unidos y que su cuñado, Manuel, las había empezado a recibir. Mi sobrino miraba artículos de escritorio, ropa; me preguntaba qué hacer con cada uno de ellos. Yo sólo quería acabar; a veces me incordiaba el interrogatorio. Justo antes de decirle algo torcido, me acordaba de sus nueve años; traté de ser sensato: ¿cuántas oportunidades tenía de estar con parientes? Lo más cercano a una relación en Barcelona era la Marta y últimamente la veía poco, porque nuestros horarios eran muy distintos; ella entraba al Club cuando yo salía del restaurante. Ni siquiera le tocaba a la puerta del cuarto cuando sospechaba que estaba ahí, porque no tenía ganas de volver a encontrarla con clientes, como nos había pasado al principio. Ana María me preguntó durante el desayuno que qué tal la novia que le había mencionado en alguna carta. No les dije que le alquilaba una habitación, simplemente que vivíamos juntos. ¿Tienes fotos?, me preguntó Gabriel. Él era de los sentimentales que cargaban retratos en la billetera y a la menor provocación los enseñaba: Tomasín y, que en paz descansen los tres, Laura, papá y mamá. No sé si tendría a Ana María en la pinacoteca. Yo seguro que no estaba allí. Fotos, fotos. Le dije que algún día les mandaría una por correo electrónico, pero que no era muy amigo de sacarlas. Además, agregué, Marta anda ocupadísima con el doctorado. Por suerte se nos hacía tarde y no me costó acabar aquella conversación engorrosa; sabíamos que teníamos que trabajar en la mudanza.

Gabriel fue el que más nos ayudó en los trámites, desde la venta del apartamento (increíble que, como estaban las cosas en Venezuela, alguien todavía quisiera comprar) hasta el contacto con las compañías de embalaje. Consiguió una, en Los Ruices, que ofreció precios razonables. Suerte que habíamos vendido, porque si no, ni Gabriel ni yo habríamos podido costearnos nada de eso. Lo cierto es que calculamos que dos o tres días nos alcanzarían para llenar las cajas. Milagrosamente, los nuevos propietarios aceptaron quedarse con la mayoría de los muebles, unos para ellos mismos, otros para parientes que tenían no se sabía dónde. En el país nadie tiraba nada.

Hacia las cuatro de la tarde del primer día de trabajar juntos, Gabriel parecía haber acabado con su parte y estaban casi a punto con la de Ana María, que tuvo incluso tiempo de ir preparando la cena. Yo era el que seguía más desconcertado con el desorden al que me enfrentaba.

—Vamos al cementerio, ¿seguro que no quieres venir?

Gabriel me lo preguntó sabiendo que le iba a repetir que los cementerios me ponían mal. Además, necesitaba ducharme; realmente apestaba.

Cuando él y Tomás se fueron, Ana María me aclaró que no iban a ver la tumba de papá y mamá, sino la de Laura. No querían dejar de visitarla antes de irse a Estados Unidos, porque no sabían cuándo podrían regresar.

—Si se va a Baltimore, Gabriel ganará dólares; supongo que siempre podrá darse una vuelta por Caracas, si quisiera.

—Si salen de Estados Unidos, no los van a dejar entrar otra vez.

—¿Qué?

Cuando no la entendí, Ana María se quedó perpleja.

—¿Gabriel no te ha contado que se van a Baltimore para quedarse ilegales? —me preguntó al cabo de unos instantes—. El hermano de Laura lo hizo así y parece que no le ha ido mal. Ahora piensa ayudarlos. Ellos le siguen el rastro. Entran como turistas, con una habitación de hotel reservada y pasaje de regreso. El día de la vuelta no se presentan en el aeropuerto. Para entonces van a estar bien instalados en casa de Manuel. Luego, cuando ahorren algo, piensan mudarse.

—Y ¿de qué van a vivir? En esas condiciones, ¿cómo se le ocurre a Gabriel llevarse un niño pequeño?

—Corazón, a mí me preocuparía más que Tomasín se quedase en Caracas. A los morochos de la vecina del 10—A, no sé si te enteraste, les hicieron un secuestro exprés en enero, cuando venían del liceo. El papá tuvo que ir al cajero automático con los malandros para que le devolvieran los muchachos.

—¿De qué va a vivir Gabriel en Baltimore si van ilegales? Él no me había aclarado los detalles; yo suponía que sería profesor. Una vez me dijo que estaba haciendo diligencias para que lo contrataran allá.

—No le salieron, sobre todo por su inglés, que no es bueno. Manuel se ha enganchado con una compañía de un griego; cosas de construcción: techos, paredes, pintura, remodelaciones…

—¿Qué coño sabe Gabriel de albañilería? ¿Está loco?

—No es tan torpe. ¿No te acuerdas de que cuando estaba de vacaciones ayudaba a papá en la constructora?

—Tanto estudiar para acabar como papá.

—Cuando llegó a Venezuela, papá no tenía nada sino ganas de trabajar y mira todo lo que nos dio. A los tres nos puso en la universidad. ¿Así se lo agradeces? —Ana María cambió el tono de voz y se fue a la cocina, dejándome hasta el día de hoy con remordimientos. La seguí.

—Perdón. Es que me molesta que Gabriel no me haya contado los detalles.

—No me extraña; ustedes dos siempre han tenido un rollo de lo más raro.

La mirada de Ana María no me disculpaba, aunque parecía dispuesta. Me mantuvo en pie saberlo.

Esa noche celebramos con algunas bromas el regreso del agua (la conserje vino a decir que al día siguiente se normalizaría el suministro; obviamente, tomaba clases de Castellano en las emisoras de radio), pero la cena se me hizo pesada por el sueño. Las conversaciones fluctuaban, flotaban como un vapor. Tomasín reía mirando la televisión; nosotros nos concentrábamos en México. La de Alberto había sido una gran suerte: Televisa no pagaba mal; lo único era que competir con guionistas mexicanos no iba a ser fácil.

Caí en la cama como si estuviera relleno de piedras. Esa noche no soñé.

Por la mañana reemprendimos el trabajo de empaquetar. Rasgué papel. Puse en bolsas de basura mucha cosa inútil, recuerdos. A Tomasín le regalaba juguetes que encontraba, no sin antes preguntarme casi en voz alta por qué mi madre los había conservado. Dinosaurios. Una colección de centuriones y gladiadores.

—¿Cómo puedes regalar lo que no te pertenece? —Gabriel se reía, pero lo decía en serio—. Esos son mis legionarios.

—Me acuerdo claro de que me los regalaron una Navidad.

—Son míos. A ti no te gustaban ni los soldados romanos ni los brontosaurios; lo tuyo era el béisbol: siempre te regalaban bates o guantes.

—Estos romanos eran míos.

Ana María se los puso a Tomasín en la maleta:

—Guárdalos rápido, m'hijo, antes de que te quedes sin ellos.

A partir de allí todo se fue en picado: las horas; las nubes cargadas en el cielo, entre los edificios de Santa Paula. Saber que la partida de nuestra hermana se acercaba empezó a crear cierta intimidad entre Gabriel y yo. No me atrevía a abusar de ella, así que de vez en cuando me ponía a jugar o a conversar con Tomasín, nuestro intermediario. Me sorprendí a mí mismo proponiéndole que me visitara en Barcelona; enseguida me di un golpecito en la boca: menudo disparate.

Al bajar a Maiquetía me había recuperado totalmente del cambio de hora. Pero el cuerpo comenzó a descomponérseme de otra manera: la luz y la neblina en las montañas; un Ávila monstruoso que contenía el mar, del otro lado; las manchas de lepra oscura en los edificios que habían sido blancos; los puentes que se caían a pedazos; la suciedad; los autos desvencijados; la selva de hongos invisibles que no costaba adivinar en la ciudad, creciendo entre sus grietas. Cuando estábamos en el aeropuerto lloraba como un idiota. Ana María estaba triste; perdonaba cualquier estupidez que yo hubiese dicho o cometido en todos los años de convivencia, pero no quería perdonarme que asustara a Tomasín. No es nada, corazón; tu tío lo que tiene es alergia. Siempre que viene al aeropuerto se pone mal.

Mis intentos de despedirme eran gagueados; mientras me abrazaba, ella comprendió que estaba trabado.

—Cuídate. Dale saludos a Marta… a ver si algún día la conocemos. Vengan a México; el apartamento no es muy grande, pero para unas vacaciones nos las arreglamos.

Con Gabriel repitió el abrazo: el año que viene vamos a verlos, seguro. A Tomasín lo levantó en vilo y ya no pudo abstenerse de soltar lagrimones también. Todos tenemos nuestras alergias, corazón.

No me apetece recordar las horas que siguieron. De regreso a Caracas, las Páginas amarillas; el desagrado de las rancherías; pero había un elemento de familiaridad que calmaba el malestar.

En El Cafetal volví a notar que Gabriel tomaba la ruta más larga para entrar en Santa Paula. No me aguanté:

—¿Por qué no subes por la Circunvalación? Estás dando una vuelta larguísima.

—Después te lo explico.

Lo hizo en la cena. Tomasín se había ido a la cama. Gabriel tenía cara de cansado mientras conversábamos; pude imaginar lo que le costaba. No logro recomponer las palabras exactas; lo importante es que me confesó que en la Circunvalación habían atropellado a Laura.

—¿Al tipo siguen sin cogerlo? —me apresuré a preguntar lo que no me había atrevido por teléfono.

—No sabemos si era hombre, mujer ni si había más de uno. Nunca se supo del carro. No se vio nada. Nadie vio nada.

—Pero fue mucha coincidencia que pasara por los mismos días en que habías empezado a tener líos en la universidad.

—Ya lo sé. Hasta ahora no lo tengo claro. Las amenazas las recibí esa misma semana, pero en Caracas atropellan a mucha gente y se dan a la fuga.

Me armé de valor:

—Disculpa, Gabriel, que me meta donde no me llaman. Tuvimos diferencias en el pasado, pero creo que estamos bien ahora —me miró y no lo descifré; seguí:—... Anita me dijo que ibas a quedarte en Baltimore sin papeles. Yo no tenía idea. ¿Te parece seguro, con el niño?

—No es como la situación de los colombianos aquí. En Estados Unidos no te piden tanto los papeles y, al menos en esa zona, no hacen redadas. A Manuel no le ha ido mal.

—¿Hace cuánto que está tu cuñado allá?

—Va para dieciséis años. Sin papeles y con una tremenda quinta. Hasta piscina. No vive en Baltimore, sino en las afueras.

—No me entra en la cabeza. No puede ser tan buena la cosa si vas a estar ilegal.

—Ilegal, sí y no. Por favor, sé discreto; no lo andes repitiendo...

—¿Con quién voy a hablar de esto en Barcelona?

—…uno nunca sabe. No quiero ponerme paranoico, pero mejor no se lo digas a nadie —Gabriel casi susurraba; a mí no me parecía que los chavistas fuesen tan diablos como para ponernos micrófonos en todo el apartamento. Hacían lo de los teléfonos y va que chuta. Mi hermano se echó un trago del orujo que había dejado papá y volvió a dirigirse a mí en tono conspiratorio:—… Resulta que Manuel conoce gente allá que vende números de la Seguridad Social. Son buenos en lo que hacen. Unos rusos, por lo visto; te consiguen un número y funcionas bien en el país: puedes comprar y vender propiedades, tener cuentas en el banco. El colegio del niño está garantizado también. No te piden visas ni tarjetas de residencia legal para esas cosas. Lo único que se pone difícil es la universidad, pero a Tomasín todavía le faltan años para que lleguemos a ese problema y, de aquí a que nos lo planteemos, es probable que haya ahorrado para pagarle a un abogado que nos resuelva el estatus. Hay maneras.

—Los yanquis se han puesto duros con la inmigración, igual que los europeos… Papá nos sacó pasaporte europeo a los tres. ¿Por qué te enredas yéndote a Estados Unidos? Vente a España.

—Allí no hay futuro.

El cuero cabelludo se me erizó. El profesor de Historia, el intelectual, estaba repitiendo frases de un gallego casi analfabeto.

—Papá también decía que el futuro estaba aquí… y ya ves.

—Lo que sacan los periódicos sobre el desempleo de allá acojona a cualquiera. No tengo ningún contacto en España. Estados Unidos es mucho más…

—¿Que no te tienes contactos? ¿Qué carajo soy yo?

Paramos en seco. Él se echó el último trago: liquidar el orujo era parte de la mudanza.

—No lo dije con mala intención —sonaba sincero—. En

Baltimore Manuel me está ofreciendo empleo, alojamiento.

—Puedes venir a mi piso.

—Me dijiste que era pequeño.

—Sí, pero…

—Y me dijiste que en tu bufete no sabían cómo contratar a alguien como yo. ¿Ahora no te acuerdas?

No me había olvidado de la conversación telefónica en la que se le había dicho, sino, por unos instantes, de la trama que había tejido de una llamada a otra, a lo largo de los años. En algún momento había tenido, en efecto, la esperanza de que me reconocieran como abogado en España, fantasía de la que no tardé en desistir. A mis hermanos nunca se lo conté; pensaba que con el teléfono y la distancia me amparaba. Esa noche, en el apartamento de Santa Paula, me sentí imbécil. ¿Cómo se me ocurría que conseguiría mantener una historia tan inverosímil? Claro, mi inocencia inicial me puso a mentir, pensando que la situación venezolana no duraría, que el Gobierno colapsaría en un par de años y todo iba a arreglarse. El fin de la locura. Pero no sucedía.

—Gabriel, si te quedas en los Estados Unidos, ni siquiera vas a poder salir. Me parece un tremendo error.

—Ana María dijo que vendrá a verme. La familia de Laura visita también a Manuel de vez en cuando; y ahora tendrán a Tomasín allá. No vamos a estar solos. Además, según Manuel, hay un montón de venezolanos. En todas partes hay ahora venezolanos: Estados Unidos, Canadá…

—España.

—Sí, España… también Portugal, Italia. Figúrate que hasta en lugares como Nueva Zelanda o Australia he oído que hay venezolanos.

Esa noche dormí mal. Me despertaba para mirar las pocas fotos de nuestros padres que no habíamos guardado; algunas en blanco y negro, de cuando apenas habían llegado a Caracas. Papá era de los que repetían que se habían venido a la Sucursal del Cielo; como era el período de vacas gordas y petrodólares, hizo billete. La exageración lo hacía hablar pestes de España. Nunca lo entendí; menos cuando me tocó aceptar la oferta de la tía Emilia. Mamá se entusiasmó; papá no puso buena cara, pero lo aceptó, por miedo de que me pasara algo si seguía en Venezuela. Pestes de España… incluso cuando llevaba sus gorras o hablaba con aquel acentazo gallego que nunca se curó. Supongo que hay dos especies de inmigrantes: los que nunca se sienten a gusto en el nuevo país y los que necesitan que sea el mejor sitio del mundo para no dar la impresión de que se equivocaron. Papá pertenecía a la segunda especie. Gabriel le seguiría los pasos en Baltimore. Él y papá eran idénticos.

Transcurrieron los días. Varias veces salimos a comer en las inmediaciones, sobre todo porque no queríamos estar haciendo compras para dejárselas a los nuevos propietarios del apartamento. Con la ganga de los muebles ya habían recibido un regalón (la verdad era que, si no se los regalábamos, aquellos armatostes, mesas, camas, estantes, solo representaban otro dolor de cabeza… Queríamos deshacernos de todo cuanto antes, no dejar asuntos pendientes. Gabriel en algún momento dijo que estábamos quemando las naves). Cenamos dos veces en casa de la familia de Laura. La tristeza estaba allí también, como en nuestro apartamento, pero había excusas para olvidarla. Conocí primos, tíos de Laura; el otro hermano, que se llamaba Tomás (me di cuenta de por qué le habían puesto ese nombre a mi sobrino. Me entró un poco de envidia no saber hablar con este como lo hacía su tocayo. Había una espontaneidad que la distancia de todos esos años no me permitía).

Me pregunté si algún día me las arreglaría para visitar a Gabriel y al niño en Estados Unidos. Aunque no era imposible, tampoco se trataba de inflar y hacer botellas: a menos que ocurriera un milagro, el sueldo me llegaba apenas para subsistir. El alquiler del cuarto no era gran cosa (Marta lo compensaba en especias casi siempre; eso, en el fondo, evitaba que la pusiera de patitas en la calle). Lo que había sacado del apartamento de mis padres se me iría en unas cuantas deudas que me habían mortificado. Lejos estaba de convertirme en un turista; lejos estaba de lo que no fuese Cerdanyola, mi majestuosa Meca de lo cutre.

Pasaron los días, dije, y se me hizo inverosímil comprender que me faltaban dos para abandonar el apartamento de mi infancia y mi juventud. No había ya fotos en ninguna parte. Los de UPS, la compañía con la que se entendió mi hermano, pronto vendrían por las cajas. Costaba un ojo de la cara el envío, pero no había remedio. Yo sentía una acidez horrible cuando, arreglando aquí, ajustando allá, por un comentario de Gabriel nos dimos cuenta de que solamente nos quedaba un detalle: los móviles.

La habitación donde él y Tomasín dormían estaba llena de ellos. Había sido una manía de papá adornar la casa así. Compraba móviles donde los encontrase. A Gabriel le dio también por coleccionarlos y, según me explicó, le habían contagiado a Tomasín el hobby. El cuarto, sin cortinas ahora, parecía como un bosque de luces; el sol entraba por la ventana y se repetía en las láminas de metal o los esmaltes que cubrían las piezas. Móviles de águilas, gaviotas, naves espaciales, aviones. Unos cuantos eran de héroes voladores: astronautas o paracaidistas.

—A Tomás le vendría un síncope si los dejáramos.

Fue complicado desmontarlos, atarlos de manera que no se enredaran. Pese a estar aburriéndome, lo hice en silencio y sin quejas. Algo le debía a mi sobrino. Lo imaginaba en Baltimore, olvidándose de mis ojeras, de la cara de abatimiento con que me había conocido. Borraría un tío accidental, cuyo nombre se le desdibujaría en unos años.

Para distraernos, Gabriel me buscó conversación:

—No cuentas mucho de Marta. ¿Cómo la conociste?

Sé que lo hizo por amabilidad; en esos momentos se esforzaba. Fui al grano:

—Marta es una puta a la que le estoy alquilando un cuarto porque necesito euros. Tampoco estudia ningún doctorado.

Empecé a sentir un temblor en las piernas, como de haber hecho demasiado ejercicio; si hubiese tenido más energía, habría confesado que también lo del trabajo de abogado era mentira, que finalmente no había encontrado nada y seguía atendiendo mesas en un restaurante. Camarero experto en propiedad intelectual.

Gabriel no dijo ni pío durante un rato. Acabó de meter los últimos móviles en una caja, la cerró con cinta, le puso las etiquetas, sin prisa, y después se levantó para llamar a Tomás (su cuñado), que le hacía el favor de cuidarle al niño. A la tarde siguiente de llevarme al aeropuerto, Gabriel entregaría el apartamento. Mientras llegase el día de su viaje a Baltimore, se quedaría con la familia de Laura.

Esa noche nos levantamos atolondrados, con un tiroteo. Los disparos resonaban en las paredes desnudas. A oscuras, cerca del balcón, mi hermano y yo miramos hacia los alrededores de Santa Paula. No se veía nada. Viene de abajo, de El Cafetal. Estuvimos horas sentados en el suelo, a la expectativa. Por la mañana, los noticiarios informaron de un gran atraco en tiendas de Plaza Las Américas. Según el reportero, había sido una batalla campal.

Cajas: la última jornada estuvo repleta de la fatiga que les habíamos metido. Al mismo tiempo, se apoderó de mí el nerviosismo de la víspera de los viajes. Nervios de estómago. Diría que mucho peores: era la primera vez que pensaba que de ahora en adelante no tendría en Venezuela un lugar adonde regresar.

Recuerdo esos ratos con mi hermano. Gabriel nunca había respondido con argumentos convincentes mi invitación a venirse a España. La oferta que le hice de pasar gratis un tiempo en mi piso hasta que consiguiera empleo volvió a escucharla. Aparte del sí, sí, gracias, seguí sin recibir señales, ni remotas, de que fuese a considerarla seriamente. Le aclaré que iba en súper serio; éramos familia y nos necesitábamos (¿lo dije así?).

—Me lo pensaré —esa fue su única reacción verbal; física, no la hubo.

Los carrillos volvieron a hervirme; no entendí lo que sentía, pero bonito no era.

—¿No te parece más seguro aterrizar en Barcelona que en Baltimore, donde ni siquiera hablas la lengua?

—Manuel está esperándome con un trabajo.

—De albañil; tú tienes título universitario.

—Es un trabajo y, tal como van las cosas en Venezuela, el nivel de vida de un albañil en los Estados Unidos es incluso mejor. En Barcelona sin enchufes tampoco voy a encontrar nada como profesor.

—Pero a Baltimore vas de indocumentado, con un niño pequeño que depende de ti. Tienes nacionalidad española; si vienes a España, te quitas de encima la preocupación de ser ilegal. Solo te quedaría la de buscar empleo.

Mi hermano le echó otro vistazo al apartamento vacío. Luego me miró de frente, tal vez desafiante (habrá sido idea mía).

—Gracias, pero no. En Barcelona tienes una sola habitación disponible; si te caemos por allá no podrías ni alquilarla. Obviamente te vamos a complicar la vida. Además, España no me atrae.

No pude aguantarme:

—Quítate de la cabeza las ideas del viejo. Papá era papá; no sabía nada de nada. Barcelona no es Galicia, no es Pontevedra; y ni Pontevedra ni Galicia están hoy tan mal como antes; por el contrario. Papá decía todo lo peor que se le ocurría de España porque a él le tocó la mala época y porque cuando vino a Venezuela corrió con suerte. Todo en Europa le parecía pésimo. Decía que Caracas era el Paraíso. Ahora las cosas regresan a la normalidad. A ver si no metió la pata a fondo. Allá se está bien, acá... Sácate a papá de la cabeza y vente a España. Tienes un hijo; hazlo por él.

De nuevo me miró. Esta vez no entendí lo que se abstenía de decir.

—No, gracias. Probaré lo de Baltimore.

—Gabriel —el desprecio que me causaba fue pasajero, pero no se me olvida— ¿qué piensas hacer si lo de Baltimore fracasa? ¿Qué harás si el niño se te enferma, Dios no lo quiera... pero qué harías? ¿O si tú mismo te enfermas? No van a tener papeles; en algún momento se los van a pedir. Eres un hombre inteligente.

—Manuel me dijo que con el número de Seguridad Social no tendremos problemas.

—Y ¿si se descubre que es falso?

—Manuel lleva años en los Estados Unidos y no lo han descubierto; ni a él ni a los amigos. Venezuela lo pone a uno paranoico. Mejor que se nos quite.

—Pero esas cosas suceden. Si te pasan a ti, ¿qué vas a hacer? Aquí estás quemando naves, como dices; mandándolo todo a la mierda... ¿Qué harás si lo de Baltimore también falla?

Había cogido la última caja de la mudanza y se dirigía a la puerta; me esperó al lado de ella para que se la abriera. Me di cuenta en ese instante de que tenía puesto un chándal viejísimo, de cuando salía a correr cada mañana. La talla no le había cambiado desde la adolescencia. Mi pregunta quedó suspendida, como uno de los móviles que habíamos desarmado. Cuando terminé de abrirle la puerta, él, por fin, respondió. Cada vez que la recuerdo, su voz contiene esas palabras:

—Si todo falla, me voy a Australia.

Eduardo González Viaña

Usted estuvo en San Diego

Usted estuvo allí, ¿se acuerda? Era una de esas tardes gloriosas del otoño en las que un color rojo invade lentamente el mundo. Había hojas rojas y amarillas en el cielo y en la tierra, y el ómnibus avanzaba indolente por las calles de San Diego, en la California púrpura y soñolienta de octubre. Era como un tour a través del otoño. El carro iba lento como flotando para que los turistas observaran el vuelo de las hojas, exploraran recuerdos en el aire y se extraviaran buscando el sentido de sus propias vidas.

Usted estuvo allí. No diga que no. El otoño es una estación de la memoria, aquí y allá y en cualquier parte, bien sea en un París amarillo de los setenta, en un San Francisco de fin de siglo, en algún puerto del Pacífico en Sudamérica, en un pueblo cercano al Escorial, en una estancia próxima a Buenos Aires, o si no estuvo en ninguno de esos lugares, aun en una casa sin ventanas donde de todas formas se cuelan las evocaciones y el otoño. Por eso, de todas maneras, usted tiene que recordar.

Para Hortensia Sierra, aquel era el día más resplandeciente de su vida. Había llegado esa misma mañana a California, y después de mucho tiempo pensaba que era feliz. Era un día que la hacía sentirse leve y libre como cuando uno es niño, o como cuando uno se va a morir, aunque tan sólo se tengan 26 años. Cuando entraba en una de las calles principales de la ciudad, el bus súbitamente se detuvo y la puerta inmediata al chofer se abrió para dejar pasar a un grupo de seis individuos uniformados.

147

Eran gente del Servicio de Inmigración, y andaban buscando extranjeros ilegales

—Todo el mundo saque sus papeles. Sus papeles, por favor —dijo el que parecía ser el jefe, pero tuvo que reiterar la orden porque el chicle entre los dientes había tornado incomprensible su fonética castellana.

Resultaba fácil reconocer a los foráneos porque eran los mejor vestidos. Las señoras se habían hecho peinados de moda y los caballeros se habían comprado ropa nueva para confundir a los "americanos" quienes suponen siempre que los "hispanos" son sucios y pobres. Pero los agentes sabían esto y, aunque el carro estaba colmado de personas de pelo negro, únicamente solicitaban documentos a los mejor vestidos y a los que posaban los pies en el suelo. Por su forma de sentarse, los que lo hacían a la manera de yogas con los pies sobre el asiento, o apoyándolos contra el respaldar delantero, podían ser chicanos o latinos poseedores de una visa legal que ya estaban adecuados a los modales de los gringos, y no había por qué molestarlos. Por otra parte, de acuerdo con los reglamentos, los hombres de la migra tenían que recitar exactamente el texto de sus manuales, y decirlo con cierta cortesía:

—Sus papeles, por favor. Por favor, señor.

Un señor, carente de documentos, no tenía cuándo levantarse. Estaba solo en un asiento para dos personas y aducía que se le habían perdido los anteojos.

—Muévete de una vez. Anteojos, ¿para qué quieres anteojos?, ¿no les basta con el bigote a los mexicanos?, ¿también tienen sitio en la cara para anteojos?

El jefe reprendió con una seña al agente que había

querido ser bromista, lo hizo salir del bus y le ordenó que controlase desde afuera la salida ordenada de los ilegales y su ingreso a un camión verde estacionado junto al ómnibus. No había razón para excederse porque los buscados aceptaban las órdenes con mansedumbre. Cuando llegaron a los asientos del centro, los agentes ya habían descubierto a dos muchachos y a una familia entera conformada por siete miembros que aparentemente llegaban de Jalisco.

Usted dirá que no estuvo allí porque no conoce San Diego, porque no es mexicano ni antimexicano y porque los acontecimientos ocurrieron muy lejos de allá donde usted vive, pero no se olvide que la mayoría de los norteamericanos dispone de una geografía diferente a la que se usa en otras partes. Si usted es gringo, es normal; de lo contrario, es étnico, aunque haya nacido en Europa o Brasil. En muchos colegios y universidades, los estudiantes creen que su país se llama "América" y limita por el sur con una nación llamada México de la cual provienen los hispanos. Buenos Aires, Montevideo, Lima, Bogotá y Quito, según eso, están en México... Pero, en cuanto a usted se refiere, de todas formas, venga de donde viniera, nosotros tenemos pruebas de que ese día usted estuvo en San Diego.

Los policías no habían llegado todavía hasta Hortensia, y no podían notar que la muchacha estaba temblando y que las lágrimas se le salían sin que pudiera contenerse, pero el caballero sentado junto a ella sí lo advirtió. La miró un instante extrañado, pero no se decidió a preguntarle por qué lloraba.

No la habría creído ilegal porque la chica era rubia y desafiaba el estereotipo norteamericano según el cual todos los hispanos son "personas de color". Además, en el caso improbable de adivinar que estaba en problemas y de querer ayudarla, eso le habría resultado peligroso.

Por su parte, cuando Hortensia fuera aprehendida no iba a ser enviada solamente a su tierra, sino a encontrarse con su destino. La muerte iba a recibirla agitando pañuelos y tomándole fotos en los corredores del aeropuerto. Como una madre cariñosa, la muerte iba a decirle "ven hijita querida, hace rato que te andaba esperando". La muerte estaba cerca de ella por motivos que ahora desfilaban velozmente por su memoria.

Los motivos de la muerte y los recuerdos se mezclaban en la calle con las hojas rojas y amarillas que inundaban el cielo y la tierra, y estaban sepultando al autobús. Unos meses atrás, en su país, un pelotón de soldados había forzado la puerta de su casa a medianoche. Buscaban a un terrorista, según dijeron después, pero la verdad era que estaban interesados en repartirse la bien surtida tienda que la Hortensia y su esposo poseían. Se acercaba Navidad y los militares querían llevar algunos regalos a sus familias. El marido fue asesinado de un balazo, pero a la muchacha no la vieron al comienzo. Cuando terminaban de desvalijar todo lo que encontraron, movieron un mueble y apareció la joven:

—¿Y esta gringuita? ¿de dónde ha salido?... No estaba en el inventario, pero no está nadita mal. Vamos a tirar una moneda al aire para ver a quién le toca primero.

En su desesperación por escapar, Hortensia había levantado el fierro de la puerta y había dado con él en la cabeza del comandante que cayó pesadamente... Después, todo en su vida había sido correr y esconderse, y esconderse y correr a lo largo de un continente largo y colmado de fronteras, arruinado, espacioso y maldito. Había llegado a México con documentos falsos, pero en la última ciudad de ese país, la más próxima a Estados Unidos, tiró a un basurero los papeles y pasó hacia una calle de San Diego, vestida con blusa y jeans y parecida a cualquier otra joven de su edad nacida en el norte. En la esquina de las calles Maple y Main, abordó el bus y fue a sentarse cerca de usted.

No, por favor, no diga usted que las autoridades de los Estados Unidos iban a darle asilo. Los gringos piden pruebas. Necesitan papeles del país de origen en los que el gobierno diga que persigue a esa mujer por disidente, o quieren ver la sentencia exculpatoria de un juez, pero cualquier juez de su país de origen, a ojos cerrados, la habría declarado terrorista. Los únicos que pueden conseguir papeles correctos de disidente perseguido, en ese caso, son los soldados encargados de perseguir a Hortensia a través de las fronteras.

Pero la joven seguía llorando, y el señor sentado a su costado no pudo contener la pregunta sobre su estado de salud.

—No es eso. Lo que pasa es que no tengo papeles. Soy ilegal, y los agentes van a detenerme.

—¿Qué hizo usted entonces? Buena pregunta, ¿no? Usted sabe que según las leyes de inmigración, a los ilegales se les envía a su país de origen, pero quienes los ayudan pueden ser considerados contrabandistas de seres humanos y podrían ser enviados a prisión por algunos años.

El hombre miró alternativamente a los soldados y a la mujer que estaba a su lado, y luego no pudo contenerse. Una mueca de cólera se dibujó en su cara. Se puso extrañamente rojo, tan rojo como aquella tarde de otoño en San Diego.

—¡Y qué piensas, estúpida! ¡Qué estás pensando, perra! ¡Cómo se te ocurre seguir sentada a mi lado!

Tal vez me equivoco y de veras usted que me lee no estuvo allí. Quizás tampoco yo estuve. Es posible que esta historia la haya leído en alguna parte, lejos de aquí, pero no la estoy inventando. Creo que escuché algo similar sobre la Alemania de Hitler a un viejo rabino en la escuela judía de Teología, frente a la de los jesuitas, que yo solía frecuentar cuando era profesor visitante de la universidad de Berkeley. Pero usted y yo estábamos en ese bus, aunque tratemos de negarlo.

Cuando usted va hacia algún lado, no tiene por qué preocuparse porque no pertenece a ninguno de los grupos humanos que sufren o han sufrido persecución y odio. Y, sin embargo, usted comparte el mismo mundo, o acaso el mismo bus, y hay siempre una opción o una tarea que lo está esperando.

A veces la tarea requiere sacrificio personal y riesgo, y entonces usted camina hacia adelante y se encuentra con su destino, lo cual no significa que usted tenga que asumirlo. Significa solamente que usted va a saber exactamente en qué mundo está viviendo y quién es usted de veras.

Creo recordar que el rabino de Berkeley nos decía que uno no ejercita la libertad solamente haciendo lo que uno quiere. La cobardía, por ejemplo, no es un ejercicio de la libertad. Pero cuando usted acepta la tarea que el destino le ha puesto delante, entonces usted se convierte en una persona libre. Quizás esa sea la única forma de ejercer la libertad Puede ocurrir en Munich, en Santiago de Chile, en Buenos Aires, en Lima, en Arkansas, en Miami, en cualquier lado y momento en que por cualquier motivo se odie o se torture, se maltrate o se viole, se insulte o se persiga, se encarcele o se asesine a alguien que viene al costado de usted, sentado dentro del mismo mundo.

¡Estúpida!...! ¡Y se te ocurre decírmelo a estas horas!

El hombre no podía contener la ira, y cuando los agentes

de Inmigración se acercaron a preguntarle por qué armaba tanto escándalo, levantó sus papeles de identidad norteamericana con la mano derecha mientras seguía gritando:

¡Llévensela! Mi mujer ha olvidado sus papeles otra vez... y otra vez vamos a perder el tiempo en la oficina de ustedes... y yo estoy que me muero de hambre. Ella siempre hace esto... ¡Ustedes deberían llevársela para que yo vuelva a ser soltero!

Los agentes rieron, hicieron una broma, mascaron más chicles y bajaron del carro. Años después, en Oregon, Hortensia Sierra contaba que nunca había vuelto a ver a su benefactor. Ni siquiera supo alguna vez su nombre. Se lo contó a alguien que me relató la historia con algunos detalles adicionales, y por eso conozco algunos secretos de usted, y le pregunto de nuevo: ¿está seguro de que nunca ha estado en San Diego?

Ana Merino

Naranjas en la nieve

Naranjas en la nieve, qué imagen tan absurda, pensó el viejo Curtis mientras afilaba su lapicero y miraba por la ventana. Luego volvió a su cuadernillo de notas y escribió la lista de las cosas que necesitaba comprar. La primera palabra que anotó fue naranjas, igual de redondeadas que aquellas que rodaron por la nieve. De pronto se acordó, claro, lo había olvidado. Hace muchos años volcó un camión cargado de naranjas. Se salió de la autopista y al chocar contra los quitamiedos y la mediana se partió en dos esparciendo por la carretera un cargamento inmenso de naranjas. Esa imagen era la que hoy se le aparecía con la luz del mediodía. Se mezclaba con el cansancio y los extraños olvidos que le acosaban cada día. Olvidaba los pequeños encargos, las cosas más sencillas de su rutina. Miraba a su hijo trabajar en el garaje. Los coches estaban en fila esperando alguna pieza de recambio, una batería, unas ruedas de invierno, un cambio de aceite, líquido de frenos o una puesta a punto exhaustiva. Sobre la mesa de la oficina había cartuchos de escopeta y una cajita de cartón con unos muellecitos de recambio para ajustar el mecanismo de las armas de fuego. El viejo Curtis suspiró mientras cogía uno de esos cartuchos con una mano y se pasaba los nudillos de su puño cerrado por los labios. Estaba agotado, llevaba cansado demasiado tiempo, pero no se planteaba aminorar el ritmo de su trabajo, pese a sus lapsus cotidianos, pese a esos olvidos tan incómodos que le hacían equivocar las salidas de la autopista y conducir bastantes más kilómetros de la cuenta.

"Papá, tengo que salir un momento". Allí estaba su hijo limpiándose la grasa de las manos con un paño. "Mamá ha llamado y necesita que le ayude a mover unas cajas; me voy a acercar un rato".

El viejo Curtis sonrió y asintió con la cabeza. Sabía que ese hombre con las manos llenas de grasa de motor era su hijo, pero no estaba seguro de quién era la mujer a la que se refería como su madre. Él no creía estar casado. Tal vez alguna vez lo estuvo y se separó de ella. Pero le parecía ridículo e innecesario ponerse a preguntar y pedirle más detalles a su hijo. Su memoria le estaba jugando una mala pasada.

"Vengo ahora, ¿vale, papá?".

El viejo Curtis miró a su hijo y volvió asentir con la cabeza. Abrió la mano y se quedó observando fijamente aquel cartucho con el que llevaba un rato jugueteando. Se acordó de su amigo Martín y de las naranjas en la nieve. Eran tantas que fue imposible recogerlas todas. Algunas se hundieron en la parte de la cuneta donde la nieve era profunda. Fueron rodando aquellas naranjas hasta que las fauces de la nieve húmeda se las comió todas. Entonces Martín y él jugaron durante días a buscar naranjas en la nieve y las guardaban en un cubo que arrastraban sobre un trineo. Se las llevaban al jardín trasero de la casa de Martín y allí tiraban al blanco con aquellas naranjas de hielo que recogían. Cuando las balas atravesaban algunas de las naranjas, estas se esparcían en pedazos, dibujando una extraña luminosidad anaranjada sobre la fina capa de nieve helada que quedaba en el camino de baldosas de aquel jardín trasero.

"Limpiad ese desastre", gritaba la madre de Martín desde la ventana de la cocina. "Qué manía con marcharlo todo. ¿No tenéis nada mejor hacer?". Martín y el viejo Curtis transformado en un jovenzuelo, no le hacían demasiado caso; sentían la superioridad de los adolescentes que creen saberlo todo, y se reían de aquel rastro anaranjado que adornaba el murete, el camino y la pequeña terraza donde la madre de Martín plantaba todas las primaveras tulipanes.

"No pongáis las naranjas sobre las cabezas de los gnomos. Ni se os ocurra disparar que me las rompéis. ¡Martín, tengamos la fiesta en paz!."Volvía a gritar furiosa y amenazante.

"Es como Guillermo Tell. Venga mamá, déjanos". Respondía Martín jugando a poner nerviosa a su madre.

" ¡He dicho que no! ¡No me hagas contárselo a tu padre!"

El viejo Curtis sonrió, la madre de Martín tenía razón, aquellos gnomos de cerámica que adornaban el jardín hubieran perecido en mil pedazos en el primer instante que fallaran el tiro, y en aquella época los dos tenían una puntería muy dudosa.

¿Por qué le había vuelto ese recuerdo? Qué curiosa y anárquica era su memoria. Parecía una caja de herramientas desordenada a la que al buscar unas cosas se le aparecían otras. Herramientas aparentemente innecesarias que tenían un extraño significado. Era como si en el momento que necesitaba una llave inglesa, la presencia del destornillador quisiera indicar que en algún lugar había tornillos desajustados que necesitaban un pequeño repaso. El viejo Curtis se daba cuenta de esa imagen porque inconscientemente estaba ajustando con la uña los tornillos de uno de los cajones de la mesa. Se miró las manos, tenía las uñas largas y bastante sucias, los dedos torcidos y muy amarillentos de tanto fumar.¿Qué hora sería?. Se dio cuenta de que ya había pasado la mañana y todavía no había salido a fumar un solo cigarrillo. Estaba tan cansado que no notaba ni su pequeña adicción al tabaco.

¿Qué se puede hacer con la vejez?, se preguntó mientras resoplaba y sintió un poco de pena. Martín había muerto hace más de una década, una muerte absurda, pensó el viejo Curtis con tristeza; como todas las muertes que llegan antes de tiempo. Murió como aquellas naranjas, hundidas en la nieve húmeda de las últimas nevadas del invierno. Le dio un ataque al corazón mientras cazaba. Tardaron varios días en dar con él, por culpa de su dichosa manía de salir solo y no decirle a nadie a dónde había ido. Martín y su extraño sentido de la privacidad hizo que muriese solo, solísimo, como aquellas naranjas que rodaron por la autopista y desaparecieron engullidas por la nieve de la cuneta.

Hacerse viejo no sirve más que para recordar la tristeza, pensó el viejo Curtis mientras tembloroso se liaba un cigarrillo con papel de fumar. Había cortado un minúsculo trozo de cartulina de una tarjeta de visitas de un cliente para hacerse un filtro improvisado. Soy demasiado viejo para dejarlo, se dijo a si mismo mientras pegaba los bordes del papel con la saliva de la punta de su lengua. Su hijo asomó la cabeza en la oficina.

"Ya he vuelto papá", y le miró a los ojos. "¿Otra vez fumando? Ya sabes lo que ha dicho el médico, yo no digo más…"

El viejo Curtis bajó la mirada y buscó dentro de los cajones desordenados un encendedor. Encontró un Zippo metálico con sus iniciales grabadas, pero no funcionaba. Se levantó y se fue al baño a por una caja de cerillas, allí sabía que siempre habría porque en el garaje usaban el método clásico del fósforo para esconder los olores de aquel pequeño retrete sin ventilación. Encendió su cigarrillo y salió a la calle, a fumar tranquilamente, dando pasos cortos y largas bocanadas que le hicieron sentirse reconfortado. Hacía frío y chispeaba un aguanieve que se pegaba en la ropa y cubría la nieve sucia con una nueva capa blanquecina.

Ahora era su hijo el que le miraba con tristeza desde la ventana de la oficina del garaje. Recogía con desaprobación los restos que quedaban de la tarjeta de visitas convertida en filtro, y guardaba los cartuchos de escopeta esparcidos sobre la mesa del escritorio. El hijo del viejo Curtis suspiró con un poco de angustia, presentía algo turbio en el extraño ensimismamiento de su padre. Sin embargo no sabía como descifrar todas aquellas señales. Eran olvidos inconsistentes impregnados de anécdotas llenas de luminosidad. Le gustaba escuchar a su padre contar historias de su primera juventud y ver como las revivía con voz emocionada como si fueran los instantes maravillosos de una vida plena. Por ejemplo los tornados de la infancia de su padre parecían más tenebrosos y devastadores que los de ahora. Antes uno tenía que descubrirlos en el aire y en el cielo, nadie te avisaba de que venían. Estaban hechos con el aire denso e inmóvil de un cielo entre anaranjado y oscuro parecido al de las tormentas sin lluvia. Hubo otros tiempos en el que los niños se hacían hombres con un rayo, una época en la que los incendios no podían apagarse hasta que todo ardía durante días dejando un inquietante paisaje carbonizado que tardaba décadas en regenerarse. Su padre había sido testigo de demasiadas cosas, de una especie de mundo legendario que ahora le parecía sagrado, y se vestía con la bruma de un olvido irregular que le dejaba varios minutos abstraído y en silencio. Un olvido que se desmenuzaba en monosílabos cuando cenaban juntos y le confundía con su amigo Martín.

"Qué no papá, que no soy Martín, que soy tu hijo".

"Es verdad", respondía el viejo Curtis avergonzado. Pero luego se olvidaba de ese olvido y le volvía a llamar Martín.

Desde la ventana se veía la carretera de entrada a la autopista, estaba toda cubierta de la nueva nieve que ahora caía con más fuerza. En el centro del aparcamiento el viejo Curtis apuraba el cigarrillo. A lo lejos se veía a los coches conducir despacio porque la nieve estaba cuajando bastante y todavía no habían pasado las máquinas quitanieves. El viejo Curtis parecía hablar solo en el aparcamiento. Su hijo salió a buscarle a la calle, no le gustaba ver a su padre comportarse como un loco.

"Papá, ¿qué pasa?"

El viejo Curtis hizo como si no le escuchara, o tal vez no le escuchaba, y continuó gesticulando mientras escarbaba con los pies en la nieve vieja amontonada y dura. Luego se agachaba, se ponía el cigarro en la boca, y metía las manos dentro de la nieve.

" ¿Se puede saber qué haces?", preguntó su hijo preocupado.

"Busco las naranjas", respondió decidido. "Sí, las naranjas que se han hundido en la nieve; no han podido quitarlas todas. Hay cientos de ellas enterradas en la nieve. Ven, ayúdame, busca un cubo, vamos a sacarlas todas. Vamos a darnos prisa antes de que anochezca."

" ¿Papá, de qué naranjas hablas?"

El viejo Curtis se quedó en silencio, se incorporó y se puso a mirar hacia la carretera. Sus ojos estaban ausentes porque en su cabeza solo podía ver la imagen de aquellas naranjas en la nieve que esparció aquel camión partido en dos mitades. La nieve inmóvil del accidente era en su memoria, como la espuma blanca de una ola gigante que intentaba arrastrar a la arena de la orilla miles de naranjas, que giraban sobre si mismas mientras flotaban. Estaba mezclando recuerdos, se daba cuenta de que los mezclaba, pero no era capaz de separarlos. ¿Cuándo estuvo en aquella playa?. ¿Qué era aquello que flotaba?. No, no eran naranjas, eran ballenas muertas, cientos de ballenas moribundas que se encallaban en la arena de la playa. Algunas respiraban y movían las aletas, agonizaban y no eran capaces de encontrar su rumbo. Las arrastraba con varios amigos, Martín todavía vivía, y le estaba ayudando a empujar las ballenas de vuelta al mar. Era imposible salvarlas…

El viejo Curtis despertó tumbado sobre la alfombra de la oficina. Su hijo le había puesto un almohadón debajo de la cabeza. En su boca sentía la amargura de las naranjas, en su saliva notaba la acidez de un zumo recién exprimido.

"Comimos naranjas durante semanas", murmuró con la nostalgia resignada que acompaña a la gente mayor. "Eran perfectas, no se de dónde las habían traído".

"¿Papá te encuentras mejor?" Su hijo le soplaba la cara mientras le miraba con tristeza. "Creo que has tenido un ataque epiléptico, o algo así, porque has tenido algunas convulsiones. Dime si crees que te puedes mover, te voy a llevar ahora mismo al hospital".

El viejo Curtis no contestó, respiraba con lentitud y parecía absorto en aquella insólita imagen, rodeado de las naranjas que cambiaron el paisaje de la nieve.

José Montelongo

Valiant Acapulco

El hombre civilizado, decía Alfonso Reyes, conoce las plantas y los animales por sus nombres. Nombrar fue la primera tarea civilizadora de Adán y Eva en el paraíso terrenal. Y así los padres, que de forma innata y terca intentan civilizarnos, se molestan cuando el niño dice "esa cosa que echa luz afuera de la casa", porque esa cosa tiene su nombre y se llama, goyescamente, candil. Vamos aprendiendo los nombres de los objetos que pueblan nuestra casa. Y como el mundo es la casa del hombre, volcanes se llaman esos cerros que arrojan humo y cenizas; mapaches los roedores con antifaz; colibríes los chupamirtos; chupamirtos los colibríes; polvo los bípedos lectores de Heidegger, polvo resucitado los de la Biblia y polvo enamorado los de Quevedo.

El hombre urbano es polvo de otro costal. No distingue un sauce de un tilo, pero entiende de semáforos y medidores de luz. No reconocería un armadillo tomando el sol en su breve jardín, pero sabe bastante de Chryslers, Fords, Chevrolets y Volkswagens. No es raro que los automóviles, usurpadores de la antigua mitología, anden por los sueños del nuevo Ulises.

Hombre urbano, Ruy no conocía otra fauna que los automóviles. Sabía de caballos de fuerza y válvulas y centímetros cúbicos, y aunque no tenía dinero para pilotear un modelo reciente, de los que la televisión ostenta con fragmentos de Carmina Burana y sofisticados brazos de mujeres, su Valiant Acapulco era la envidia del bulevar. Se conoce que el bulevar era modesto, bulevar de colonia obrera, pero eso sí, de ancho camellón y enhiestas torres de luz. Con cierta regularidad un pájaro extraviado se achataba el pico contra el metal de las torres, y los niños se divertían haciéndolo sufrir, como en una repetición devaluada del albatros de Baudelaire.

Ruy no sabía de los poetas franceses, porque nunca terminó la preparatoria y porque los poetas franceses casi no se enseñan en la preparatoria. Empleaba su tiempo en revistas de automóviles y en las reparaciones del Valiant Acapulco. Trabajaba como asistente en un taller mecánico para sacar dinero y para poder tener a punto el motor setentero de su nave. Le había sacado los golpes uno por uno con paciente esmero. Lo había devuelto a su color original, negro con toldo vino, y le había puesto unas bocinas que hacían estremecer al vecindario, o mejor dicho a los dueños de las tiendas aledañas, o mejor dicho a la encargada del estanquillo que, ella sí, se estremecía al presentir la llegada de Ruy, en su Valiant Acapulco, precedido por el bum bum y el tam tam de sus bocinas nuevas.

Sonia tampoco terminó la escuela. Quizá hubiera sentido curiosidad por una pasión atribulada como la Verlaine y Rimbaud, pero como ya se ha dicho que los poetas franceses raramente se enseñan en la preparatoria, Sonia no se interesó.

Cuando Ruy se bajaba del Valiant y se aproximaba al estanquillo, a Sonia le parecía que un príncipe araucano se apeaba del caballo y entraba en la choza de una plebeya para pedirle de beber. La barba rala y de tres días sin afeitar; el cabello negro, largo y suelto hasta los hombros; la playera dos tallas abajo para lucir brazos de Pepe El Toro, y en las manos una franela guinda para limpiarse la grasa. Cuando se deja tempranamente la preparatoria, así se imagina uno a los príncipes araucanos.

Al cuarto para las tres, al salir del taller, Ruy se detenía donde Sonia para apaciguar su principesca sed con un Jarrito de tamarindo.

—Anoche tuve un sueño bien raro —le dijo Sonia en una ocasión.

Si Ruy no respondió, no fue por descortesía, sino porque tenía la boca del Jarrito enchufada en su boca y estaban intercambiando líquidos. Con las cejas hizo un gesto para decirle a Sonia que continuara.

—Soñé que íbamos en tu Valiant por la Ruta 66.

Cualquiera diría que Sonia se le estaba insinuando: Valiant, Ruta 66, Las Vegas, tú y yo. Por pura lógica, cualquiera diría que se le estaba insinuando. Y sí, se le estaba insinuando, pero eso no quita que Sonia hubiera tenido ese sueño. Es más, las probabilidades de que lo hubiera tenido son altísimas, porque Sonia soñaba con Ruy casi todas las noches.

—Lo raro es que tu Valiant, en lugar del signito de Chrysler que lleva en el cofre, llevaba otra cosa.

"Lo raro", pensó Ruy, "es que tú y yo fuéramos en mi coche rumbo a Las Vegas". Sonia siempre se había hecho la difícil con Ruy. Mientras él leía revistas de coches, ella leía revistas que aconsejan a las muchachas hacerse las difíciles y contarle sueños a los galanes para mostrarse misteriosas.

Con otro movimiento de cejas, Ruy, que ya iba por el segundo Jarrito, preguntó qué llevaba el Valiant en el cofre.

Sonia recargó los codos en el mostrador y dirigió la mirada hacia un punto en el vacío.

—Una estatua de Eros.

Al oír la palabra Eros, a Ruy se le atragantó el tamarindo y se puso a toser con araucana energía. Sonia se atacó de risa. Eros no era un personaje frecuente en las revistas de automóviles que compraba Ruy, pero algunos términos emparentados con Eros le sonaban familiares, quizá de otras revistas que había ojeado. Ruy no era un ciudadano inflexible en su consumo de publicaciones periódicas.

—No se me ahogue, chamaco —se burló Sonia—. No le estoy echando mal de ojo. Eros es el dios griego del amor. Y no muerde.

En esto último Sonia estaba mal informada, pero sobre el origen griego del dios no se equivocaba. ¿Y cómo, si andaba tan mal en poesía francesa y culturas prehispánicas, sabía Sonia del dios Eros, siendo que además Grecia está más lejos? Reminiscencia. Todo conocimiento es recuerdo. Sucede que Sonia, en otra vida, cuando respondía al nombre de Lidia, cuidó olivares en los campos de Grecia, el hombro desnudo a la usanza jónica. Allí conoció diversas representaciones del dios alado del amor y aprendió a servirse de sus invisibles flechas.

A través de múltiples metempsicosis, la imagen de Eros perseveró en el alma de Sonia, hasta manifestarse ahora en sueños, que son la voz del subconsciente. Pero ah, querido doctor Freud, otros condicionamientos gravitaban en el alma de Sonia cuando Ruy se acercó al mostrador y farfulló:

—Ora es viernes, tú. Le puedo pedir al Flaco que me haga el paro mañana en el taller y nos vamos en el Valiant por la Ruta 66. O por la Autopista, que es más bonita.

No había terminado de decir estas palabras, cuando Ruy se acordó de un sueño que tuvo muchos meses atrás, la primera vez que se detuvo en el estanquillo. Bajo un cielo azul inalterable, Ruy conducía triunfalmente por la carretera. Una estatuilla alada coronaba el cofre del Valiant Acapulco. A su lado, sobre las vestiduras quemantes del asiento, reposaba Sonia. Estaba desnuda. Relajada. Su pecho hinchado respiraba cadenciosamente y su cabello teñido de rubio repicaba con la ventolera. Tenía los ojos cerrados y por su vientre bajaba una indecisa gota de sudor. Ruy fijaba la vista en la carretera. Los olivares se perdían en el espejo retrovisor. Hacia el poniente, el azul del mar Egeo refulgía como el escudo de Aquiles. Entonces, no se sabe si por malignidad, por vértigo o por puro jugueteo, Eros comenzó a mover sus alas de terracota. Sin percatarse apenas del mitológico gesto, Ruy efectuó una doble maniobra: hundió el pie en el acelerador y la mano en la entrepierna marrón de Lidia. Ella abrió ligeramente los párpados y todo su cuerpo exhaló un cálido humor. Con la tensión del brazo izquierdo en el volante y la placidez del derecho en el cuerpo de Sonia, Ruy estaba a punto de palpar la flor del sexo cuando la estatua de Eros, desacostumbrada quizás a la velocidad moderna, se desprendió de golpe y se fue a estrellar contra el parabrisas.

—¡Estás loco! —chilló Sonia—. ¿Vegas? ¿Contigo? Sueñas, mi rey.

Sonia fingió una carcajada, se inclinó hacia Ruy y, antes de desaparecer en la trastienda, le tentó el brazo con mal disimulada intención. Había aplicado otra vez la estrategia de su revista: date a desear y luego escabúllete. Pero no olvides una caricia otorgada como por distracción: eso le permitirá saber estás interesada.

Ruy se retiró masticando su mala suerte. Se subió al auto y selló la puerta con furia. Alterado por los requiebros de Sonia, descargó un puñetazo sobre el volante al darse cuenta de que, durante los escasos cinco minutos de su fallida seducción, le habían robado el signo de Chrysler que solía echar brillos metálicos al frente de su automóvil.

Eros había volado.

Sentada en una pila de cajas de refresco, Sonia estudiaba el siguiente paso de su estrategia en una revista de adolescentes, mientras escuchaba a Ruy alejarse entre el bum bum y el tam tam de su Valiant Acapulco.

Fernando Olszanski

De cuervos y flores

No paraba de contar los cuervos posados en los
cables. No puedo decir que los contaba realmente; parecían
incontables. Hileras de cuervos a lo largo del camino, todos
instalados en postes y cables. Todo el camino, de Chicago a
Montreal, escoltados por una guardia de cuervos. Tan negros,
tan enigmáticos, tan funestos.

Clemente conducía hipnotizado. No quitaba la vista del
horizonte, como si en realidad no viera nada frente a sí, sino
algo abstracto y sin dimensiones. Creo que el calor lo tenía a
mal traer, a pesar de las ventanas bajas y del ventilador del auto,
el verano nos castigaba sin misericordia.

Nos escapamos de Chicago por el calor, a pesar de las
exigencias del estudio. Deseábamos que Montreal estuviera
algo más fresco, al menos con una brisa reparadora. La ruta no
alentaba, nos estábamos calcinando. Por eso y por algo más, al
menos yo: la carta de mi padre que guardaba en un bolsillo.

Los incontables cuervos permanecían inmutables,
firmes en sus cables y postes a pesar del sol y del calor.

"Querido hijo:

*Hoy sabes lo que es enfrentarse solo al
mundo. Quisimos darte esa oportunidad,
tu madre y yo. Esperamos mucho de ti, de*

quién si no. Hemos invertido nuestros mejores años en tu formación. Sabíamos que nuestro pequeño ambiente no te mostraría el mundo; personalmente, creo que tampoco el nombre de una universidad ayuda si no sabes qué hacer con ello. Igualmente, hicimos un esfuerzo para enviarte al extranjero y que termines tu educación allí.

Pronto regresarás como un profesional, pero más que eso, esperamos que vuelvas como tú mismo pero siendo otro, con un nuevo equipaje y con algo para ofrecernos. Tú sabrás qué podrá ser. Esperamos, tu madre y yo, que estés a la altura de las circunstancias. Eso esperamos de ti.

Más de lo mismo, habrá sido una pérdida de tiempo.

Tu padre."

Nos alojamos en una residencia universitaria. Las habitaciones eran como las celdas de una colmena. El calor de la estructura multiplicaba la temperatura. Un enjambre de concreto y sin ventilación. Al menos, el precio era razonable. De a ratos, se escuchaban chillidos de cuervos, pero no se los veía. Era fácil imaginarlos camuflados en los árboles de los alrededores.

La ciudad estaba bien conectada por el Metro, pero preferimos el bus. De paso, podríamos ver la ciudad y los barrios. No nos arrepentimos de dejar el auto; después de todo, era un fin de semana para despejarnos de las presiones.

Ninguno de los dos hablaba francés, pero sabíamos que en todos lados el personal era bilingüe, no como en el resto de Canadá. Nuestra única preocupación era cómo afrontar una conquista, sería gracioso que nos mandaran al demonio en francés sin siquiera darnos cuenta.

La tarde se había puesto formidable, fresca y con mucha gente en la calle, paseando, bebiendo, disfrutando. Regresamos entrada la noche, estábamos cansados y nuestras cabezas daban vueltas por las copas de más.

Si bien la ciudad nos tenía impresionados por la belleza, al otro día nos movilizamos con el Metro, otro punto de vista, uno subterráneo y subjetivo. Bajamos en la Place des Arts, justo frente del Museo de Arte Moderno. La fachada no decía nada, pero los dos nos creíamos tipos de cultura; por ende, debíamos ir a pesar de no entender nada de arte.

No nos causó gracia pagar los siete dólares de la entrada. Creo que en la mirada que nos cruzamos nos preguntamos si realmente valía la pena gastar ese dinero. Ninguno de los dos se atrevió a decir que no. A veces el orgullo nos juega una mala pasada.

A través de los cristales de la puerta, pude ver cómo dos cuervos de un negro casi azul se posaban en las ramas de un árbol. Parecían esperar que algo sucediera.

La muestra empezaba con obras surrealistas. Los cuadros tenían manchas negras y blancas de diferentes aspectos. Los nombres eran sugestivos, un cuadro inmenso con el único dibujo de dos líneas horizontales: una blanca, la inferior, y otra negra, la superior; ocupando mitades iguales. Se llamaba

Metamorfosis. Me sentí estúpido al no entender ese tipo de arte. Ninguno de los dos hacía comentarios sobre las obras. Creo que pensábamos al unísono en los siete dólares de la entrada.

Había salas de fotografías y esculturas, o seudo esculturas, porque parecían amontonamientos de fierros viejos en un desorden programado.

Una puerta lateral conducía a los jardines, salimos a fumar. Clemente mintió diciendo que le gustaba el museo. Hipócritamente, dije que a mí también.

Al encender el cigarrillo, me distrajo el chirrido de un cuervo que no alcancé a ver. Por primera vez sentí fastidio. Busqué con los ojos el lugar donde el pajarraco podría estar escondido. Esa sensación de desnudez, de ser mirado y no saber por qué, me hacía sentir incómodo. Involuntariamente, apreté la mandíbula, la boca se me llenó de saliva, la lengua hacía movimientos abruptos como nadando en medio de un líquido espeso. No lo podía ver, pero lo sabía oculto.

Clemente me devolvió a la realidad hablándome de una flor. "Son dos flores en una. Una flor dentro de otra", dijo sin dejar de apuntar con los dedos que sostenían el cigarrillo.

Desde cuándo le interesan las flores a este depredador de botellas de cerveza, me pregunté.

"Una flor dentro de otra", repitió sin dejar de mirarla.

Finalmente, me acerqué a ver esa flor.

Tenía razón, era una flor diferente. Nunca había visto nada similar. Llamaba la atención por sí sola, por su variedad de colores, y por su falta de perfume que sugería mucho más de lo que mostraba.

Podría describirla ambiguamente, en forma imperfecta. Esa sensación de sorpresa abrumadora mezclaba mis sentidos, confundiéndolos, evitando que fuera certero al elegir las palabras.

Era grande. Del tamaño de una taza de café con leche, de largos pétalos de color violeta, un violeta suave, para nada agresivo a los ojos. Los pétalos eran semejantes a los de la margarita, pero más grandes, más densos, más consistentes. Salían como a borbotones, agrupados o amontonados, pero en cantidad exagerada. En el centro era hueca, hueca y profundamente púrpura, una cavidad que caía hacia su interior, y desde allí se proyectaba en forma de torreón. En Botánica existe un nombre para esa formación, un nombre que no conozco, pero por la fuerza y la magnitud con la que se abría paso, tuve que llamarla torreón. Desde las paredes de esa fortaleza, se desprendían filamentos de un violeta más oscuro, como miles de pequeñas flores pujando por respirar. En la cima del torreón, diminutos brotes amarillos, delicados, exhaustos retoños desarmados en sus puntas en direcciones diferentes. Una flor dentro de otra flor.

Vida gestando vida, dije involuntariamente. Estaba asombrado por los colores, por su forma y tamaño y por la falta de perfume que la hacía más inexplicable.

Un mareo me hizo trastabillar. Una pérdida de balance de mi cuerpo movió al mundo y me desubicó de las dimensiones de la realidad. Fue como una náusea tratando de expandirse más allá de los límites del cuerpo. Algo punzante desde adentro hacia fuera. Algo tan súbito, que como llegó, se fue.

Quedamos con Clemente en averiguar el nombre de la flor. Ni el guardia, ni la gente de maestranza lo conocían. En la oficina principal nos dieron el nombre de la persona que había preparado el jardín. Un comerciante de la Rue St. Dennis, a unas veinte cuadras del museo. Clemente objetó la distancia y dijo que no valía la pena.

Yo no pensaba lo mismo.

La idea de "vida gestando vida", me daba vueltas en la cabeza. Auto gestación. Una vida dentro de otra vida. Inmortalidad. Dios explicando el camino de la creación. Darwin sarcástico a la hora de la evolución. Un idiota obsesionándose con una flor.

Llegué al lugar transpirado y agitado. La indiferencia de los empleados me notificaba que el autor del diagrama de flores había muerto. Estúpidamente, traté de explicar cómo era esa flor. Nadie la conocía, nadie la recordaba, nadie nada.

Me sentí mal otra vez y salí de aquel lugar.

Al dejar de caminar sin sentido, en un lugar que no conocía, vi hileras de cuervos esperando mi paso. Mi mano aún sostenía el estómago. No me dolía, tan sólo era una memoria del dolor anterior. La frase "Vida gestando vida" vino a mi mente. La forma de la flor llegó como una visión aletargada, sólida, profética. Fue fácil darme cuenta del sentido de todo. La Metamorfosis y los colores ásperos. La regeneración. La carta de mi padre exigiéndome ser distinto al que dejó el hogar, que finalmente madure y tome mi lugar en el mundo. La preñez de uno mismo.

Tenía vida dentro mí. Vida a la que podría darle un destino, ponerme "a la altura de las circunstancias", a ofrecer lo que se esperaba de mí.

Los cuervos empezaron a volar en una bandada espontánea y concisa.

Ninguno de ellos se preocupó por mirar atrás.

Edmundo Paz Soldán

BILLY RUTH

Conocí a Billy Ruth el último año de mi estadía en
Huntsville. Era sábado, había ido a una fiesta del grupo de
animadoras de la universidad. Había intentado toda la noche
que una de las animadoras me hiciera caso pero era en vano,
ellas sólo tenían ojos para los del equipo de hockey. No me
había fijado en Billy Ruth pero coincidimos en una habitación
al final de la noche: los dos buscábamos nuestras chamarras. La
mía era de cuero negro, muy delgada, y vi que ella se la ponía.

—Disculpas. Creo que ésa es la mía.

—Lo siento —se la sacó de inmediato—. Es mejor
que la mía. ¿De qué sirve venir a las fiestas si uno se va con la
misma ropa con la que ha llegado?

No sonrió, así que no supe si hablaba en serio. Pude ver
su rostro muy maquillado, sus grandes ojos azules, unas pestañas
tan inmensas que imaginé postizas. Su belleza era natural y
sobrevivía a todos los añadidos artificiales.

—No encuentro la mía —dijo al rato—. Seguro alguien
se la llevó. Me ganaron de mano.

—Si quieres llévate la mía. Y me la devuelves cualquier
día de la próxima semana.

—¿En serio? ¡Qué caballero! Y con ese acento, no debes
ser de aquí, ¿no?

—Bolivia.

—¿Libia? Queda lejos de aquí.

—Bolivia, en Sud América.

—Da lo mismo. ¿Y dónde te la devuelvo?

—Trabajo todas las tardes en la biblioteca.

—Gracias. Billy Ruth, por si acaso.

—Y yo Diego.

—Como el Zorro. ¡Increíble!

Billy Ruth me esperaba a la salida de la biblioteca una semana después, cuando yo ya me había resignado a dar por perdida mi chamarra.

—Por suerte apareció también la mía. Se la había llevado Artie. Es hecho al bromista, pero en realidad es un pesado. Es un canadiense que juega en el equipo de hockey. Salí con él un tiempo y no se resigna a que todo haya acabado. No lo culpo, yo tampoco podría vivir sin mí. ¡Es una broma! Cuidado pienses que soy una alzada. Bueno, lo soy, pero no es para tanto.

A cambio de todas mis preocupaciones, me invitaba a comer a su *sorority*. Alfa Sigma Omega, algo por el estilo. Acepté: siempre había querido conocer por dentro una de esas casonas en la que vivían alrededor de treinta mujeres jóvenes. Subí al auto de Billy Ruth, un Camaro azul oloroso a hamburguesa y lleno de ropas y libros de texto. Un sostén morado llamó mi atención antes de que ella lo notara y escondiera detrás de su mochila.

La *sorority* era una típica mansión sureña, con un porche muy amplio con una mecedora, paredes altas de madera por donde trepaban una enredadera y muebles antiguos y pesados del tiempo de la guerra civil. El ambiente señorial contrastaba con las fotos de las estudiantes en las paredes, despreocupadas en shorts y sandalias. Billy Ruth me hizo pasar a un salón comedor. Me presentó a algunas de las chicas que iban y venían con platos y vasos de cerveza en la mano. Nos sentamos en una mesa junto a cuatro de ellas. Antes de comenzar la cena, la presidenta de la *sorority* dio las gracias a Dios por los alimentos del día. Todos adoptamos una actitud recogida, la cabeza inclinada y las manos entrelazadas. Apenas terminó la oración, el ruido de las conversaciones se instaló sin sosiego en el salón.

Billy Ruth me preguntó cómo había llegado a Alabama, *of all places*. Le conté que me habían ofrecido una beca completa para jugar soccer por la universidad.

—Imposible rechazarla —me llevé a la boca un pedazo de pan de maíz—. Una beca atlética es mejor que una académica. Me pagan casa y comida, me dan un cheque para comprar mis libros. Incluso me consiguieron un trabajo medio tiempo en la biblioteca.

—Lo que es yo, no me sacaría jamás ni una beca por mis notas, y mucho menos una por deportes. Puedo jugar al ping pong, y videojuegos en Atari, pero nada más.

Me dijo que estudiaba sicología y se aburría mucho. "Es la carrera equivocada para mí, pensé que me ayudaría a entender a la gente y no entiendo ni a mi perro. ¿Y tú?" Ciencias políticas, le respondí, aunque en Huntsville me sentía fuera de mi elemento. No soportaba la mirada provinciana de las relaciones internacionales, las ganas que tenían mis compañeros de mandar tropas a Francia y *kick some butt* cada vez que el gobierno francés mostraba su desacuerdo con la política exterior norteamericana. Quería continuar mis estudios en una universidad grande, quizás Berkeley o Columbia.

—A mí también me encantaría irme a vivir a California. Sería alucinante conocer la Mansión de Playboy. ¿Tú crees que Hugh Hefner se fije en mí?

—No le preguntes eso todavía —terció una de nuestras compañeras de mesa—. Te tiene que ver más de cerca.

—Todo a su tiempo —dijo Billy Ruth, y todas

explotaron de risa.

Al salir de la sorority, paramos en un Seven Eleven y ella compró un *six-pack* de Budweiser y *beef jerky,* unas tiras de carne seca que yo había visto comer a camioneros. Me dije que sólo faltaba que comprara tabaco en polvo. Luego nos detuvimos en una licorería y compramos un par de botellas de vino tinto. Hacía el calor húmedo, pegajoso, de una noche de septiembre en Alabama; el otoño había llegado, pero el verano se resistía a irse.

Nos dirigimos a las residencias universitarias. Yo vivía con tres compañeros del equipo de fútbol y uno del equipo de hockey; Tom, el que jugaba hockey, compartía la habitación conmigo. No estaba esa noche, tenía toda la habitación para mí; me hubiera gustado que estuviera, un poco para vengarme: más de una noche me habían despertado sus gemidos guturales junto a los de la mujer de turno que había conocido en la discoteca, le gustaban las gordas y las feas, si era posible ambas cosas al mismo tiempo.

Billy Ruth terminó sus latas de cerveza y luego pasó al vino. Se servía una copa y se la terminaba de un golpe. Me decía que me apurara. Era imposible seguir su ritmo, pero hice lo que pude: no podía negarme a esa mirada azul, franca e ingenua.

—Soy virgen, soy virgen —gritaba ella mientras la penetraba. Se reía de todo; creo que eso fue lo que me atrapó al principio. La contemplé un buen rato cuando dormía: la luz de la luna que ingresaba por la ventana abierta de la habitación iluminaba su piel lechosa, la dotaba de un aura fantasmal, hecho materia a la medida de mis sueños. Eso también me atrapó.

Vencidos por el cansancio y el alcohol, nos dormimos en mi exigua cama. Estábamos desnudos, habíamos apilado nuestras ropas en el piso, entremezclado mis jeans con su falda rosada.

A las dos de la mañana, Billy Ruth me despertó con un leve golpe en el hombro:

—Creo que voy a vomitar —dijo, y luego una arcada la venció y mi cama recibió el impacto de su descontrol. El cobertor de tocuyo que había traído desde Bolivia fue destrozado sin misericordia. La acompañé al baño; el ruido que hicimos despertó a Kimi, el finlandés que vivía en el apartamento y con el que alguna vez había peleado un puesto en el mediocampo (una lesión inclinó las cosas a su favor). Tuve tiempo de cubrir a Billy Ruth con una toalla. Kimi me ayudó a limpiar el piso herido por las salpicaduras.

Esa noche manejé su Camaro y la dejé en la puerta de su casa. Vivía cerca del arsenal Redstone. Mientras la veía entrar, me preguntaba qué había motivado al gobierno a elegir a Hunstville como una de las sedes centrales de la NASA, un lugar para que von Braun y otros científicos nazis desarrollaran sus investigaciones. Huntsville era una ciudad llena de científicos de física de avanzada, lo cual me había sorprendido pues no iba con la imagen preconcebida que tenía del sur. Esos físicos apurados a la hora del almuerzo eran los que habían convertido a Huntsville en la cuarta ciudad de los Estados Unidos en materia de consumo de comida basura per cápita. Los McDonalds, Taco Bells y Kentucky Chickens del lugar no se daban abasto para atender a la demanda.

Hubo un sonido como el de un mueble que se desplomaba al piso. Quizás había sido Billy Ruth. Hubiera querido entrar a ayudarla pero al instante se encendieron todas las luces, escuché gritos de cólera y decidí irme.

Comenzaron mis viajes por la temporada de fútbol. Estábamos en la segunda división de la Conferencia del Sur; el

año de mi llegada, habíamos salido quintos, gracias en parte a
que al entrenador ruso le fascinaban los jugadores extranjeros
y había conseguido becas para trece, entre ingleses, árabes y
latinos. Al segundo año, llegó un entrenador chileno con el
proyecto de hacer un equipo exclusivamente norteamericano,
y la calidad de nuestro fútbol decayó con las becas. Ese tercer y
último año para mí, quedábamos sólo cuatro extranjeros. Yo no
jugaba mucho desde que a fines del primer año me rompiera
los ligamentos de la rodilla derecha; me recuperé, pero nunca
volví a mi nivel anterior. No me importaba: el fútbol me estaba
costeando los estudios, gracias a él me había independizado de
mis papás en Bolivia.

Una de las cosas que más me gustaba de mi experiencia
sureña eran los viajes con el equipo durante la temporada de
fútbol, que duraba todo el semestre de otoño. Viajábamos a
cerca de diez ciudades diferentes durante la temporada. Apoyaba
mi rostro en la ventana y veía pasar los pueblos y las ciudades
similares entre sí, los kilómetros de carreteras siempre asfaltadas
y bien señalizadas; a la entrada de cada ciudad parábamos
en uno de esos restaurantes como Dennys, con un buffet
con ensaladas y mucha pasta (nuestros entrenadores estaban
obsesionados con el contenido energético del tallarín). Tomé
tanta Cocacola en esos viajes que un día mi cuerpo la rechazó
por completo; no fue para bien pues comencé a tomar algo más
dulce, Doctor Pepper. Era un gusto adquirido; mi paladar iba
adquiriendo muchos otros gustos en el sur: la delicia del gumbo
de Luisiana o del *catfish* de Alabama, por ejemplo. Mi oído tenía
más problemas que mi paladar: había aprendido expresiones
como *fixing to go* o *you all*, pero todavía me costaba entender a
algunos de mis compañeros.

El primer viaje fue a Memphis. Me hubiera gustado
hacer como los turistas, conocer la mansión de Elvis Presley o

ir a un bar a escuchar buena música *soul*; llegamos directamente al estadio de la universidad, perdimos dos a cero (ellos tenían muchos jugadores escandinavos) y admiré una vez más la riqueza de un país capaz de ofrecer becas para practicar un deporte que se jugaba con las tribunas vacías.

En Memphis extrañé a Billy Ruth y me preocupé. Jonathan, un rubio que venía de Atlanta, se sentó conmigo en el viaje de regreso. Conocía a Billy Ruth.

—Está loca. ¿Así que te gusta? Es linda, eso no lo vamos a discutir. Pero, si yo fuera tú, me cuidaría.

—De todas las mujeres hay que cuidarse.

—Más de Billy Ruth. Pregúntale a medio equipo de hockey. Mientras no la tomes en serio todo estará bien.

No me quiso decir más. Al rato me puse a leer un libro de Almond sobre teoría del conflicto, y con los auriculares de mi walkman (esos días había descubierto a R.E.M.) me olvidé de mis compañeros del bus, del partido perdido que había visto desde el banquillo, de la Memphis de Elvis Presley que había llegado a conocer tan poco. No conocía el sur de las tarjetas postales, tampoco el Sur profundo que había descubierto en *Mientras agonizo* y *Luz de agosto*. Me consolaba pensando que las experiencias de un individuo jamás se parecían a las que se proyectaban en la literatura o el cine. Yo tenía mi propio Sur; patético y todo, eso era lo que contaba.

El segundo viaje fue a Chattanooga, Tennessee; llegamos a conocer una fábrica de fuegos artificiales y la destilería Jack Daniels. En esa destilería, mientras caminaba entre las barricas que servían para fermentar el alcohol, volvió a mí, con fuerza, la imagen de Billy Ruth en una de sus tantas explosiones de risa, carcajadas tan imparables que se convertían en lágrimas y terminaban haciéndole correr su rímel.

Nos reencontramos un jueves a las seis de la tarde. Me

había citado en la puerta de una iglesia baptista. Reconozco
que no me extrañó: había tantas iglesias en Alabama que las
diferentes denominaciones debían competir para atraer a los
feligreses.

En el jardín bien cuidado a la entrada de la
congregación se podía ver un vistoso letrero de neón
anunciando, como si se tratara de una estrella de rock, que ese
jueves a las
seis predicaría el reverendo Johnson. Billy Ruth apellidaba
Johnson.

Billy Ruth llevaba un vestido floreado y zapatos blancos
con medias cortas con encajes. Parecía lista para enseñar la clase
de Biblia del domingo. Me dio un efusivo beso en la mejilla;
me senté junto a ella en un banco de las primeras filas; me
presentó a su mamá, una señora de pelo blanco que me dio la
mano con modales de etiqueta y me hizo sentir con su mirada
que era, pues, lo que era: un extranjero. Luego me presentó a
su papá, ya con la toga blanca con la que oficiaría la misa; era
alto y pude reconocer a Billy Ruth en su cara triangular y sus
dientes grandes y perfectos. Me saludó moviendo apenas la
cabeza, como si me hiciera un favor; luego se dio la vuelta y se
dirigió a saludar a otros miembros de la congregación. Yo nunca
había sentido, hasta ese entonces, el inveterado racismo sureño;
yo no era negro, pero un latino de piel algo tostada tampoco
se salvaba del todo de sospechas de poseer una cualidad racial
venida a menos. Se me hizo la luz: yo era tan parte de la
rebeldía de Billy Ruth como sus ganas de tomar hasta perder
la conciencia, o, si había de creerle a Jonathan, su comercio
desaforado con los jugadores del equipo de hockey.

Ya había oscurecido al salir de la iglesia. Billy Ruth me
acompañó al estacionamiento después de que me despidiera de
sus papás.

—¿A qué hora vienes por mi casa? —le pregunté.

—Hoy no podré pasar. Es cumpleaños de Artie.

—Pensé que habían terminado mal.

—Yo también, pero me invitó. Estarán mis amigas.

Apoyado contra mi desportillado Hyundai rojo, Billy Ruth metió la mano entre mis pantalones e hizo que me viniera. Me dijo que la llamara y me dio la espalda. La vi alejarse mientras se limpiaba la mano con un Kleenex amarillo.

Esos días, me costó levantarme a las seis de la mañana para ir a entrenar al estadio. Cuando salía, dejaba la puerta abierta. A mi regreso, solía encontrar a Billy Ruth en mi cama; ella pasaba por mi apartamento antes de ir a sus clases, tomaba cereales en la cocina y luego se metía en mi cuarto. No le importaba que Tom estuviera durmiendo en la cama de al lado. Cuando iba al baño, a veces se ponía uno de mis shorts azules con el logo de los Chargers de la universidad; otras, estaba con un baby—doll color salmón, o salía sin ropa con la mayor naturalidad. Mis compañeros se acostumbraron a su desinhibida aparición en los pasillos del apartamento.

Fuimos a jugar a Oxford, Mississippi, y llegué a ver, desde la ventana del bus, la mansión donde vivía la familia que había servido de modelo a los Sutpen en algunas novelas de Faulkner, pero me quedé con las ganas de visitar la casa del escritor. En Oxford perdimos cuatro a uno, pero al menos jugué quince minutos.

Cuando volví a Huntsville me esperaba en el buzón un sobre papel manila. Lo abrí: cayeron sobre la mesa del escritorio varias fotos de Billy Ruth. En algunas estaba con su baby—doll color salmón, abrazada a dos animadoras con los ojos extraviados y una botella de vino en la mano; en una, tirada sobre la cama con el cuerpo retorcido en una pose que habría copiado de alguna revista, se agarraba los senos con las manos y los ofrecía a la cama; en otra, estaba desnuda, rodeada de dos chicos del equipo de hockey también desnudos. Supuse que uno de ellos era Artie.

Billy Ruth me llamó varias veces y yo no contesté el teléfono. Una de esas mañanas se apareció por mi apartamento y me preguntó si la estaba evadiendo. Le dije que no había nada de que hablar; había visto las fotos.

—Ah, eso —dijo con displicencia—. Pensé que estabas molesto por algo serio.

—¡Es que es algo serio! —grité.

—Era sólo un juego.

—Todo es un juego para ti, todo es broma.

Tardó en darse cuenta de lo herido que estaba. Me dijo que la llamara cuando se me pasara.

Ese fin de semana fui a jugar a Athens, Georgia. Una noche salí con Jonathan a buscar alguno de los bares donde quizás, por un golpe de suerte, podríamos encontrarnos con un integrante de R.E.M. No hubo rastro de R.E.M., pero en un bar conocimos a dos chicas de Atlanta y nos quedamos. La mía se llamaba Tina, era pelirroja y tenía una voz dulce; la de Jonathan se llamaba Julia y era muy flaca y poco agraciada. Tomamos mucha cerveza y mientras bailábamos yo no podía dejar de pensar en Billy Ruth. La imaginaba en mi cama con el baby—doll salmón, riéndose con estruendo de alguna broma que ella misma había contado, y luego la veía con el baby—doll salmón en la fiesta del equipo de hockey, acariciando a Artie en la puerta del baño mientras sus amigas corrían por la sala regando de ponche a todos.

A las tres de la mañana Tina y Julia nos llevaron a su apartamento. Estábamos por llegar cuando pedí que pararan el auto; me había indispuesto. Abría la puerta cuando una arcada me estremeció; tuve tiempo de usar mi sudadera para evitar que el vómito manchara los asientos del auto.

Decidieron que lo mejor era dejarme en el hotel.

Jonathan llegó a las seis de la mañana con los calcetines en la mano; me dijo que había terminado pasando la noche con Tina. Lo felicité.

El domingo siguiente fui al cine con Billy Ruth a ver una película con Kevin Costner. No cruzamos palabra hasta que terminó la proyección. Yo mantuve las manos en los bolsillos; hubiera querido tocarla, pero mi orgullo era más fuerte. Ella vio toda la película comiendo *beef jerky*.

Esa noche, en su Camaro en el estacionamiento de las residencias universitarias, Billy Ruth me dijo que había vuelto con Artie.

—Me alegro por ti.

—Las fotos... Artie me convenció que tenía el cuerpo suficiente para salir en Playboy. Había leído que la revista pagaba bien si había fotos que le interesaban. Estaba en el cumpleaños y mis amigas me animaron a hacerlo. Tomé para armarme de valor.

—Entonces era cierto eso de que querías conocer la mansión de Hugh Hefner.

—Siempre hablo en serio. El problema es que nadie me toma en serio. Soy el payaso oficial de mis amigas, de todo el mundo.

—¿Qué más pasó en esa fiesta?

—¿Y a ti qué te importa?

Me lo dijo con brusquedad. Insistí.

—Qué. Más. Pasó. En. Esa. Fiesta.

—Por favor, sácame de aquí. Llévame a California contigo.

Se puso a llorar como si fuera una niña. Se echó en mi regazo y traté de calmarla. Luego nos besamos, efusivos.

Se quedó a dormir conmigo. Esa noche le pedí a Don que me dejara la habitación. Quería hacer el amor con rabia porque sabía que sería la última vez; a modo de venganza, la vería tan sólo como un cuerpo, le pediría sacarle fotos para luego mostrárselas a mis compañeros de equipo.

¿A quién quería engañar? Esa noche hubo más amor que sexo. Luego, cuando se fue, me escondí, desasosegado, bajo las sábanas de mi cama, y me preparé para aquel momento, cercano e inevitable, en que me encontraría con ella en una fiesta, y la vería, a la distancia, de la mano de Artie o de algún otro jugador del equipo de hockey, abriendo la boca inmensa como sólo ella sabía hacerlo al reírse de uno de sus propios chistes, mientras yo cavilaba la forma de acercarme a ella para recuperarla, no sé, quizás llevándome su chamarra del cuarto donde se amontonaban nuestras pertenencias.

Enrique del Risco

¿Qué pensarán de nosotros en Japón?

Cocodrilo Dundee en Nueva York. Ese es mi padre.
Igualito. Una versión actualizada del buen salvaje. De los que
ya saben reconocer el valor de cambio del dinero pero piensan
que el único lugar donde está seguro es debajo del colchón.
Lleva unos meses aquí, los suficientes para saber que ya no se
adaptará nunca. Cocodrilo Dundee quiere ir hoy a ver un poco
de naturaleza, algo salvaje que le recuerde el monte alrededor
de la finca en que se crió. Cuando sus padres lo mandaron a
la universidad estudió ingeniería forestal para estar cerca de sus
árboles cada vez que pudiera. Lo único que se me ocurre es el
Jardín Botánico del Bronx, uno de esos lugares donde nunca se
me ha perdido nada. Una hora en el *subway* dirección *uptown*
y encima una buena caminata. Si se le hubiera antojado algo
más cerca. El MoMA o el Metropolitan. O el Parque Central
pero los árboles del parque para él son como de plástico. Con
la cantidad de cosas que tengo que hacer hoy. Si lo acompaño
hasta el Jardín no va a haber forma de que llegue a tiempo a la
cita con Gluksman. Y Lovano siempre esperando que falle para
agarrar mis clientes.
  Pero si dejo a Cocodrilo Dundee en el MoMA ya
sé que va a pasar. Miró o Chagall lo van a dejar frío y a Las
señoritas de Avignon les va a querer dar candela directamente.
Y no lo culpo. *Las señoritas de Avignon* es un cuadro para
sacarlo en postales y para que la gente crea que si le gusta ha
entendido la pintura moderna. No es para pararse frente a él
a mirarlo. No es, por ejemplo, como una de esas manchas de

Rotko que te llegan o no te llegan, como la música mientras que a esas señoritas siempre habrá que explicarlas, justificarlas con alguna historia.

La vieja siempre quiso que yo estudiara historia del arte y la complací. A mí también me gustaba la carrera pero la dejé en tercer año porque si la terminaba iba a ser mucho más difícil que me dejaran salir de Cuba. A Cocodrilo Dundee nunca le hizo mucha gracia que estudiara historia del arte, sobre todo después de que le dijeron que la facultad estaba llena de maricones. No había tantos en verdad. Pero al viejo le basta que en un estadio de pelota haya cinco para decir que está lleno de maricones. De acuerdo al sistema de medidas del viejo los maricones ocupan mucho espacio. Y de la pintura no tiene mejor opinión. Cocodrilo piensa que toda la pintura del siglo XX es una estafa y la anterior tampoco le interesa demasiado. Y no es que sea insensible. Hay que verle la cara de placer que pone cuando ve un bosquecito. Por eso es que lo llevo al cabrón Jardín Botánico a riesgo de suspender una cita con un cliente que me puede enderezar el presupuesto de este año. Pero es que si dejo a Cocodrilo Dundee suelto en el MoMA le va a dar candela a esas supuestas señoritas que parecen haber acabado de pelear con Mike Tyson, o de haberle pedido un autógrafo que para el caso es lo mismo. Pero por lo menos Tyson le sacaba dinero a su mal carácter pero el viejo ni eso. Y cuando digo que mi padre va a terminar rompiendo los cuadros no es una metáfora. El viejo es bastante expeditivo. Piensa que el mejor modo de exponer un criterio desfavorable es dando un buen puñetazo. Y no es que se pase la vida expresando sus opiniones a golpes pero le cuesta mucho contenerse y encima piensa que eso no es bueno para su úlcera. El caso es que si se le ocurre expresar su opinión sobre el arte moderno en el MoMA todos los Gluksman de este mundo no alcanzarían para pagar los daños. Y si consigue controlarse como no tiene seguro médico el tratamiento de la úlcera me va a costar más o menos lo mismo.

Lo de Cocodrilo Dundee es en serio. Lo mismo te mete un plato con cuchara y todo en el microwave, que sin querer activa la alarma de la casa y en minutos te la llena de policías. El otro día entrábamos en una tienda y cuando un dependiente me saludó el viejo enseguida vino a preguntarme. "¿Tú lo conoces?" También hay que entenderlo. En Cuba para que un dependiente de una tienda te salude tienes que haberlo conocido por lo menos desde la primaria. Pero hay más coincidencias con el otro Cocodrilo. Mi Cocodrilo también lleva cuchillo a dondequiera que va. Le decomisaron la cuchilla en el aeropuerto cuando venía y hasta que no le compré una buena cuchilla no paró. Y ahí está, con su cuchilla en un estuche que lleva abrochado al cinto, listo para defenderse de las bestias salvajes que le puedan salir al paso en Times Square. Para ser Cocodrilo Dundee de verdad sólo le falta hablar inglés. Pero con eso no hay nada que hacer. Le enseñas una frase y cuando va a reproducirla sale de su boca totalmente irreconocible. Yo creo que lo hace por vengarse del inglés porque desde que llegó a aquí trata al idioma como una especie de enemigo personal, como el principal culpable de todas sus desgracias.

La suerte es que mi Cocodrilo Dundee incluso sin saber inglés tiene la misma capacidad de supervivencia que una cucaracha, sólo que con el lomo mucho más resistente. Ahora lo suelto en su jardín botánico y yo sé que se las va a arreglar para regresar sólo a casa. Con un mapa tiene suficiente. Es enfermo a los mapas. Un día me dijo que si abuela hubiera sabido lo que le gustaban los mapas con un buen atlas lo hubiera entretenido toda la infancia. Un mapa y su frase mágica. La frase mágica del viejo es "Yuspikispani?". Él sale caminando y le va soltando la frase a todo el que le parece que habla español. El asunto es que a Cocodrilo le parece que casi todo el mundo en Nueva York es hispano, basta con que se vea un poco moreno. No importa que sea de California o Pakistán. El otro día estaba empeñado que una hindú le hablara en español.

—¿Cómo carajo me va a decir la mulata esa que no habla español?

No había quien lo sacara de ahí.

Por lo demás somos idénticos. Yo luzco como una copia aunque rejuvenecida de él. Me basta mirarlo para imaginarme como seré de aquí a veintiséis años.

Todo el cuerpo de Cocodrilo entra en alerta máxima, la boca fruncida, la mandíbula tensa, los puños semi—cerrados, como si hubiera entrado en una de las zonas más peligrosas de la selva: un vagón del subway de Nueva York. Pero Nueva York ya no es lo que era. Los capos están criando a sus nietos en Long Island y la Cocina del Infierno está llena de gente para la que el mayor peligro a que puede estar expuesta es a un virus en la computadora. Yo vengo aquí todos los días a trabajar pero el viejo trata de evitar todo contacto con la jungla del asfalto y prefiere quedarse en Nueva Jersey. Lo único que le interesa de Nueva York además del jardín botánico es el puente de Brooklyn porque Tarzán —el antiguo, el de Johnny Wesmuller— se tiró una vez de allí. Buscamos asientos desocupados. Me voy a lanzar sobre uno de ellos pero Cocodrilo me sujeta del brazo. Tiene razón. Hay un charquito empozado en el fondo del asiento. Quien sabe si de orine o de algo peor. En esta zona de la selva no se puede esperar nada bueno. Finalmente encontramos donde sentarnos. A la derecha de un negro descomunal cabemos apretados los dos. A su izquierda hay todavía espacio para una persona así que espero que cuando sienta la presión a su derecha se mueva un poco.

Ya estamos sentados. Yo junto al negro para evitar roces. Nunca se sabe lo que va a pasar cuando Cocodrilo Dundee encuentra resistencia.

—¿Qué coño se piensa el negro ese? ¿Que va a ocupar todo el asiento con su culo grande? Dile que se mueva, anda.

—Viejo habla bajito que el español no es una lengua muerta. Por lo menos estoy seguro que lo de negro lo entiende clarito y no le va a gustar.

—¿Y como quieres que le llame? ¿Rosadito? Negro, culón y daltónico. Así no se puede andar por esta vida.

Ese es Cocodrilo Dundee con las velas desplegadas. Una amenaza al fragilísimo contrato social neoyorkino. Alguien que te puede armar una guerra civil en una cuarta de tierra. Le explico al viejo que "negro" suena muy parecido a "negroe" que aquí en Estados Unidos equivale a nuestro "negro de mierda". Se lo explico así a ver si entiende. Mascullando las palabras para que el negro de al lado no se dé por aludido mientras le doy clases de semántica norteamericana al viejo. Por suerte el negro ni nos mira.

Frente a nosotros se para una muchacha, americana, blanca, ni bonita ni fea, de esas de las que en cualquier empresa te las encuentras a montones, calladas, eficientes. De esas que le sonríen a todo el mundo cuando entran al ascensor, se cambian de zapatos cuando llegan al trabajo y tienen la oficina llenas de muñequitos de la Warner o fotos de perros o de peloteros. Si un día decides invitarla a salir en algún momento te arrepentirás de haberlo hecho: en el mejor de los casos se sentirá ofendida simplemente por haberla invitado; en el peor aceptará tu invitación y entonces tu vida en el próximo mes caerá en una batidora en la que será revuelta junto con ingredientes tales como ataques de histeria, feng shui, sesiones sadomasoquistas, confesiones de traumas infantiles, religiones de fecha reciente, una amplia colección de vibradores y sobre todo acusaciones de no haber sabido hacerla feliz. Por eso el letrero que lleva en la camiseta la muchacha que está parada frente a nosotros en lugar de hacerme sonreír me pone tenso. El letrero dice: "Sorry for Being so Fucking Sexy". Cocodrilo me pone la mano en el antebrazo.

—¿Qué quiere decir el letrero ese?

Giro hacia él y empiezo a hacerle una larga explicación de por qué no debe pedirme que le traduzca los carteles que lleva la gente en el pecho. No es que crea que pueda convencerlo pero no quiero que la otra se dé cuenta de que en definitiva estoy traduciendo la frase de su camiseta.

—"Discúlpenme por ser tan tremendamente bonita" —le digo al viejo y siento que William Hayes, el del código de censura de Hollywood de los años 30, estaría satisfecho de mí.

—¿Y entonces por qué dice "fucking"?

Se me olvidaba la capacidad del viejo, más allá de su hostilidad hacia el inglés, para asimilar cualquier mala palabra que este pueda producir. Tengo que explicarle que no se trata de una invitación a fornicar sino que allí "fucking" quiere decir algo así como "tremendamente". Y esa traducción un tanto neutra decepciona a Cocodrilo quien está empecinado en tener nietos al más breve plazo posible y no le molestaría obtenerlos de la primera pasajera del metro que parezca más o menos dispuesta. Mi mirada y la de "Fucking Sexy" se cruzan y ella sonríe mientras yo bajo la vista. Seguramente hoy ha decidido no ir al trabajo. Llamó al jefe y le dijo que se sentía mal y va a juntarse con la misma amiga que le regaló la camiseta para pasarse el día de compras mientras exploran las posibilidades sexuales que les ofrece la ciudad. Yo no. Yo tengo que ir a trabajar.

—Vamos a darle el asiento, anda.

Es Cocodrilo. Cocodrilo y todo no deja de ser un caballero. Nos paramos y le ofrecemos el asiento a "Fucking Sexy" quien se sienta sin al parecer entender que no nos vamos a bajar. Eso de ser un caballero no funciona aquí en Nueva York, donde ofrecer el asiento a una mujer suena tan anacrónico como retar a alguien a un duelo con hachas de piedra.

—Viejo, —mascullo— para la próxima mejor que ni te tomes el trabajo de dar el asiento. Aquí la mayoría de las mujeres ven eso como algún tipo de ofensa. Piensan que les estás queriendo decir que son más débiles que tú.

—Y a mí qué. Yo lo hago porque me da la gana y ya. ¿No estamos en un país democrático?

—Pero democracia no es hacer lo que a uno le dé la gana sino de que te dejen vivir y que dejes vivir a los demás —digo resumiendo a mi modo lo que se dice que eran los ideales de los Padres Fundadores—. De eso se trata viejo. De hacer las cosas que uno quiera pero sin molestar a los demás.

—¿Entonces no puedo hacer lo que me dé la gana?

—No. O sí, pero entonces debes atenerte a las consecuencias.

El viejo me mira con sorpresa, como si le estuviera informando sobre algo que nunca hubiera imaginado. Una explosión demográfica en Júpiter o algo así. Es difícil encontrar a alguien con tanta ingenuidad a su edad. Rezonga. Hay que ponerse didáctico y explicarle cómo funcionan las cosas aquí para evitar que haga alguna barbaridad. Meterse en algún problema del que nadie lo pueda sacar y luego mirarte con esa cara de inocente.

—¿Qué es eso?

Otro estímulo exterior que enciende las alertas de Cocodrilo. Es dura la vida en la selva.

—¿No lo estás viendo? Tres afro—americanos con tumbadoras —nótese la introducción discreta de conceptos básicos como el de "afro—americano"—— que vienen a dar un concierto al metro.

Así, tranquilo se lo digo, para que se acostumbre a la idea de que en esta ciudad todo el tiempo va a andar viendo cosas así. Ser neoyorkino es eso. Ser inmune al asombro. Ver como natural lo que en cualquier otro lugar sería escandaloso. Si estás preparado, ser neoyorkino te toma apenas cinco minutos. No es el caso del viejo.

—Mira. Tienen sillas y todo.

—En el metro no se meten orquestas de jazz simplemente porque no son rentables. El otro día vi unos tipos bailando break dance en el vagón. Ese baile en que los tipos dan vueltas por el piso, saltos mortales y todo eso.

—Sí, lo he visto en películas.

Si no fuera por la televisión la adaptación de Cocodrilo sería todavía más complicada. No sabría cómo meterle en la cabezas conceptos como "rascacielos" o "limosina". Aunque la televisión no siempre ayuda. Hay que andar explicándole que no todos los días King Kong sale a pasear por Manhattan. Los tipos tocan bien. Suena como una rumba cubana pero con el ritmo más económico: menos virtuosismo pero más contagioso. Tocan. La gente los mira sin simpatía excesiva pero sin desagrado. Como quien ve a unos obreros reparando la calle con alguna máquina más o menos sofisticada. Una especie de reflejo condicionado adquirido en Cuba, donde no saber bailar era un acto de lesa sociabilidad, me tironea de piernas y hombros. Me contengo porque hoy no tengo intención de darles dinero y no está bien que ande disfrutando visiblemente de la música sin pagar por ello. Así y todo los tipos me miran. La última vez que los vi les di un dólar que no es mucho

repartido entre tres pero tiene el viejo prestigio del papel
moneda. No suelo dar dinero en la calle pero ese día estaba
contento. El viejo acababa de llegar después de mil trabajos y
sentía que había conseguido algo muy grande. Ya encontrarán a
otro que crea haber alcanzado algún tipo de felicidad.

—¿Y ganan bastante?

—Supongo que si no les alcanzara no lo harían. Aquí en
Nueva York el sueldo mínimo es de seis y pico la hora y ellos
seguro que ganan más que eso y ni siquiera tienen que pagar
impuestos.

Terminan de tocar. Uno pasa extendiendo la gorra.
Trato de no mirarlo a los ojos. La gorra está vacía. El negro
culón sentado al lado de "Fucking Sexy" le da un cuarto de
dólar y lo llama hermano.

Cuando se interna en el vagón meto la mano en el
bolsillo y saco las monedas que encuentro. Mientras la mano
sale me parecen demasiadas. Aflojo la tensión de los dedos y
unas cuantas monedas regresan al fondo del bolsillo. Dejo caer
en la gorra dos monedas de 25 centavos y otras dos de a cinco.
"Fucking Sexy" sonríe como si su sonrisa fuera lo único que le
faltara a este vagón para conseguir una armonía perfecta.

—¿Por qué le diste tanto? Eso es un día de trabajo mío
allá.

"Allá" es Cuba. A veces es "aquí". Depende.

—Pero viejo, no estamos allá. Por suerte.

Un tipo extiende el periódico frente a mí. Es el Daily
News. El francotirador de Washington sigue apareciendo en la
portada. Ahora ha aparecido un asesinato anterior a la cadena
de transeúntes cazados a tiros a lo largo del mes que lo hizo
famoso. Asesino en serie, meticuloso y negro. Tengo dos amigos
americanos que son profesores en Columbia que no saben qué
hacer con la combinación. Si fuera blanco hizo lo que hizo

porque estaba loco. Los negros no pueden ser tipos normales que un día se vuelven locos: siempre son la expresión de algún problema social. Cocodrilo Dundee nunca va a ser expresión de nada. Es una fuerza de la naturaleza, como un ciclón o un eructo.

No quiero simplificar las cosas: no todo en él es naturaleza pura. Lo del viaje de Cocodrilo al Jardín Botánico tiene también algo de masoquismo. Desde que llegó quería trabajar allí en lo que fuera. Un día se abrió una plaza de técnico: un trabajo sencillo para el que él estaba más que calificado. Me pidió que lo acompañara a la entrevista de trabajo para ayudarlo en lo que hiciera falta. Es decir, básicamente para que le sirviera de traductor. No hizo falta. En la entrevista Cocodrilo no dijo ni escuchó nada. Estuvo agarrado a los brazos de su asiento, con la mirada perdida. Luego se pasó días completos mirando televisión desde que se levantaba hasta que se acostaba. "Mirando" es sólo una manera de decirlo. A cada rato se quedaba dormido hasta que de pronto se despertaba para pelearme. Luego empezó a hacer planes de demandar al Jardín Botánico por no haberle dado el trabajo a causa de su edad. Ahora quiere ir a dar vueltas por los bosquecitos artificiales del Jardín como si quisiera entenderse directamente con los árboles, sin intermediarios.

Entra un músico. Un japonés. Otro requisito para ser neoyorkino. Saber distinguir a simple vista a un chino de un japonés o a un filipino de un vietnamita. Y haber probado todo lo que cocinan y preferir el pad kra prow al rama the king o viceversa. Lo de músico es fácil. Lleva un estuche que debe encerrar un fagot o algo así. Aunque por la forma también podría ser el ataúd de una serpiente no muy larga.

El músico se va a sentar en el único asiento que queda libre, el del charquito de orine. Trato de detenerlo pero no me da tiempo. Ya se ha sentado. Hay que verle la cara, una especie de resignación furiosa. Da gracia. Como si en el Bushido, el código de honor del samurai, dieran instrucciones muy precisas sobre lo que hacer cuando uno se sienta en un charco de orine sin darse cuenta: "Un guerrero permanecerá impasible si se sienta inadvertidamente sobre una sustancia indeterminada y presumiblemente desagradable. El guerrero deberá conservar la calma aunque sienta el culo humedecido por la sustancia en cuestión porque la calma es la madre de las decisiones certeras".

—¿Qué pensarán de nosotros en Japón?

Me hace gracia la pregunta del viejo. Es la misma pregunta que se hace un dúo puertorriqueño en un regatón que está de moda. La canción es una idiotez pero la pregunta no deja de ser inquietante. ¿Qué pensarán de nosotros en Japón? Es una buena pregunta empezando por ese "nosotros". ¿Nosotros los occidentales? ¿Nosotros los latinos? ¿Nosotros, un padre y su hijo que viajan en el metro de Nueva York para ver árboles?

—¿Por qué preguntas eso, viejo?

—Porque en Japón los hijos todavía conservan el respeto por los padres. Por eso.

En Japón también veneran a los árboles viejos. Una vez en Madrid vi a unos japoneses rezándole a un árbol en el parque del Retiro. El árbol resultó ser el más viejo de la ciudad, el único que había sobrevivido a la degollina forestal a la que se habían entregado las tropas de Napoleón cuando ocuparon Madrid. Luego me enteré que los japoneses no adoran a lo árboles en sí sino que agradecen al ser supremo el haber creado algo tan perfecto. Nada de esto le cuento a Cocodrilo porque no quiero que entonces me pida que nos mudemos al país donde veneran a los viejos y a los árboles. El sushi está bien de vez en cuando pero no me imagino pasando el resto de mis días comiendo bolitas de arroz con pescado crudo. Miro el reloj.

—Viejo. Creo que no voy a poder acompañarte hasta el Botánico. Pensaba que me iba a dar tiempo pero si falto hoy o llego tarde me voy a meter en problemas. Nos bajamos del tren y te dejo donde tienes que coger el otro para que no te pierdas. ¿Está bien?

—Por mí te puedes bajar ahora mismo. Yo no me voy a perder.

Pero claro, el sentido de las palabras apenas puede ocultar la dirección hacia la que apunta el tono. Un tono guerrero pero de un guerrero sentimental que acaba de enterarse de que el último de sus hombres ha decidido dejarlo solo frente al enemigo. Si valdría la pena acompañarlo es para proteger a esta ciudad de los desmanes del viejo.

—¿Cómo carajo ha llegado una hormiga hasta aquí?

Es Cocodrilo Dundee en guardia de nuevo. Tiene ante sí una diminuta representante de la madre naturaleza subiendo por el tubo al que estamos agarrados. Una hormiga pequeñita que camina sin desvíos. Como si tuviera bien claro a dónde quiere ir.

—No sé. Pero en todo caso no sé por qué te extraña tanto. No hay cosa que se pierda en esta ciudad que no aparezca en el metro.

Así, permanecer impasible. "Un guerrero no deberá demostrar su asombro ante nada porque nada debe sorprendernos en un mundo en el que todo puede ocurrir" debe ser uno de los primeros principios del Bushido neoyorkino.

—Eso tiene que tener una explicación. Algo que comunique el exterior con el metro. No es natural que esté metida entre todos estos hierros.

La hormiga sigue imperturbable su camino. Ya va a la altura de mis hombros.

—Claro que es natural. Si no ¿qué hacemos nosotros aquí?

—Eso es lo que yo me pregunto.

—No vuelvas con esa de que no sabes qué haces aquí.

—Si no digo eso. Lo único que me preocupa es saber de donde salió esa hormiga.

—Eliminemos entonces la fuente de tus preocupaciones —y deslizo el pulgar sobre la hormiga—. Muerto el perro se acabó la rabia.

Cuando termino de pasar el pulgar por el tubo queda pegado a este un pequeño cilindro oscuro que termina por caer.

—¿Por qué hiciste eso?

—Viejo no me mires como si fuera un asesino. Es sólo una hormiga, no una princesa encantada.

—No había necesidad ninguna.

—Sí. La necesidad de que dejaras de hacerte preguntas sin sentido.

El músico japonés ha empezado a hablar solo y a balancearse hacia adelante como esos judíos que rezan frente al muro de las lamentaciones. Un guerrero neoyorkino no debe asombrarse de nada. Debe habérsele ocurrido alguna melodía y ahora todo su cuerpo es un metrónomo. Misteriosa la senda del jazz japonés.

—¿Qué te hizo esa hormiga para que la mataras?

—Por favor viejo, no te me pongas con esas que yo te he visto matar puercos, carneros y de cuanto hay. ¿Te has metido en una religión nueva y no me lo has contado?

—No es eso. Es la poca importancia que le das a todo. Es como si te estuvieras deshumanizando. Como si te sintieras por encima de todas las cosas. Como si yo mismo, tu padre…

Claro, es por ahí por donde viene todo. Y empieza a usar palabras largas y pesadas como "deshumanizando". Definitivamente debo rendirme.

—Está bien, viejo. Voy contigo al botánico. ¿Era eso lo que querías? ¿No?

—Yo sé que tienes un montón de cosas importantes que resolver pero quiero que entiendas que para mí ir contigo al jardín botánico no es un capricho. Llevo meses aquí y apenas hemos tenido tiempo de hablar.

—No te preocupes viejo que voy a ir contigo. Sólo tengo que llamar a la oficina y decirles que no voy.

Esto ya lo he visto en una película. El tipo que recibe un balazo en la cabeza y el balazo se convierte en una especie de epifanía, la vía para el descubrimiento de verdades profundas. Porque en la película, mientras el protagonista se recupera se da cuenta de la importancia de los valores familiares y esas cosas. Pero no, yo soy un latinito sensiblón al que le basta una hormiga muerta para dejar ir al mejor cliente del año por acompañar a su padre a ver árboles. Como Tony Montana —el de Scarface— que después de matar a media humanidad se niega a reventar a un tipo porque sus hijos van en el carro. Y al final eso le cuesta la vida. ¿Qué carajo estará mirando el japonés de mierda ése? ¿Todavía recordará que me sonreí cuando se sentó en el charquito? Aunque ahora me parece que lo conozco. Creo que una vez lo vi tocando el saxo en un club de jazz. Desafinaba bastante.

—¿Cuándo nos bajamos?

—Nos quedamos en la próxima. Vamos para la puerta, anda.

El músico se ha levantado detrás de nosotros. Nos grita. Tiene un sable en la mano. Lo ha sacado del ataúd de la culebra. No era un fagot. "Fucking Sexy" grita. Todos gritan. Todos menos el viejo, que por esta vez ni se inmuta. El japonés parece que también está diciendo algo. En inglés o en japonés, da igual, no lo entiendo. Empieza a soltar mandobles. Me contorsiono tratando de esquivarlo. El viejo sigue sin moverse. Una oreja sale volando y luego unos dedos. Los dedos no son míos. Los míos andan palpándome la cara. Mala cosa que le arranquen la oreja a uno si tienes que usar gafas. Ahora estoy en el suelo y el músico avanza sobre mí, las dos manos en la empuñadura, la hoja hacia abajo, los ojos semicerrados. El viejo sigue tranquilo, no más emocionado que si viera una película. Dentro de poco se quedará dormido. Siempre se queda dormido cuando ve una película. Le grito que haga algo. Que el chino cabrón este me va a matar.

Como si estuviera esperado la orden Cocodrilo Dundee saca su cuchilla y se la encaja en el brazo al samurai. Con fuerza. Apenas tengo tiempo de seguir sus movimientos. Como si Cocodrilo los hubiera estado ensayando toda la vida esperando esta oportunidad. El músico deja caer la espada y sale corriendo hacia el fondo del vagón. La sangre me está corriendo por un costado de la cabeza. Me palpo. La oreja que vi volando hace un momento era la mía. El viejo se inclina sobre mí.

—¡Búscala! —y con el grito salen disparados chispazos de la sangre que me ha corrido hasta la boca.

—Se la llevó encajada en el brazo —dice mientras se incorpora para ir a perseguir al chino.

—¡La cuchilla no, la oreja! —le vuelvo a gritar o eso creo. El viejo no puede apartar la mente de la cuchilla. Habrá que comprarle otra. Siento zumbidos, estoy mareado y sangro, aunque menos de lo que se podría pensar. No como en una película japonesa. Así y todo después de esto el traje no va a servir para nada.

El viejo vuelve con la oreja como un perro con un palito, con la misma alegría y buena disposición. Creo que si volviera a lanzar la oreja la traería de nuevo como si se tratara de un juego. Se le ve contento. Contento de sentirse útil, supongo. De haberme salvado y estar ahí parado con un trozo de oreja en la mano. Se quita el gorro de lana y me lo pone donde estuvo la oreja. Me lo aprieto para contener la sangre. Ahora con el índice siento que me queda un trocito de oreja, suficiente como para sostener la pata de las gafas. Le pregunto al viejo por qué se quedó tan tranquilo mientras el cabrón japonés me tasajeaba.

—Tú mismo me dijiste que aquí no me debía asombrar con nada. No me vayas a regañar ahora.

Ya no sé si habla en broma o en serio. Lo más seguro es que sea en serio. Cocodrilo Dundee.

—Prepárate que voy a levantarte.

—¿Para qué?

—Para qué va a ser. Para llevarte a un hospital.

—Aquí lo que se hace es esperar a que te vengan a buscar. Deben de estar al llegar.

—¿Qué hago con la oreja?

—Guárdala. Trata de que no se infeste a ver si me la pueden poner de nuevo.

El viejo saca la bolsita del sándwich.

—Ahí no, que está lleno de grasa. Busca un pañuelo.

Cocodrilo es uno de los últimos hombres en este mundo que todavía usa pañuelos de tela. La vieja se los regalaba siempre el día de los padres y él los conserva como si la virgen María hubiera dejado grabado su rostro en ellos.

Después de envolver la oreja con el pañuelo el viejo empieza a comerse el sándwich. Cocodrilo nunca pierde el apetito. Se ve contento. Debe de estarse imaginando en la cabecera de la cama, solícito, atendiendo a su cachorro herido. Una semana completa a su disposición. Se jodió el paseo por el Botánico, los clientes de esta semana, todo. Si lo que quería Dios era darme una lección para que aprendiera a apreciar los valores familiares la lección llegó un poco tarde. Yo nací un día en que Dios llegó tarde. Aunque quizás Él pensó que mi padre y yo necesitábamos pasar más tiempo juntos. Una semana. El tiempo que Él se tardó en crear el mundo.

No pienso llamar al trabajo. Que se enteren por el *Daily News*. Me imagino los titulares: "La canción del samurai" o "Godzilla de bolsillo ataca en el metro" o "El ninja flautista y la oreja voladora". No dirán que el japonés se volvió loco sino que se despertó en él un instinto ancestral. Y mis amigos de la universidad dirán que al fin un japonés decidió tomar venganza por el proyecto Manhattan. Hiroshima y Nagasaki y todo eso. Manhattan vuelve a ser la vieja selva que persiste en la imaginación de todos. La de las películas. Qué lástima. Y el viejo, que apenas lleva unos meses aquí va a ser el héroe en el periódico de mañana. "Cocodrilo Dundee salva a su cachorro" o algo así.

Rose Mary Salum

La ley

"Once all of us are here, once we fuck the place up,
something will come out. The important thing now is to get
the hell out of here"

Heriberto Yépez

I

No conozco a la madre de Rosario. Sólo sé que la
chantajea, le miente y juega con sus sentimientos para que
le siga enviando dinero hasta Durango. A la fecha no entiendo
cómo lo ha logrado. Ella sabe que en algún momento de la
estancia de Rosario en Estados Unidos, se olvidará de ella,
de su mamá, digo. Rosario sufre constantemente por las
imposiciones y los tangos que hace su madre cada domingo
por la noche. Rosario tiene la manía de llamarla una vez a
la semana. Prefiere hacerlo los domingos porque los sábados
acostumbra visitar Austin. De lunes a viernes trabaja conmigo.
Ella llora cada vez que la saludo. Rosario no puede desapegarse
de su madre, no importa a cuántos kilómetros de distancia esté.

II

A la hora del almuerzo, Rosario abandona la
aspiradora, el trapeador y el plumero y viene hacia mí para
saber qué opino respecto de un negocio que quiere iniciar. Yo

me pregunto si entiende la dimensión de su atrevimiento, y mientras pienso eso, vuelve a interrumpir con la pregunta de siempre: ¿Cómo la ve?

III

Tampoco conozco a su novio. Tiene con él más de seis meses y desde entonces él ha buscado la manera de iniciar una empresa. Me parece que él ha ido inculcando esas ideas revolucionarias en la cabeza de Rosario. No creo que a ella se le hayan ocurrido semejantes pensamientos. Sé, sin embargo, que su novio tiene una troca roja, de esas de 4 x 4, asientos de piel y defensas brillantes de metal. Eso indica que el muchacho gana buen dinero o que sabe cómo robarse los autos porque es grande, de muy buena marca, y su color rojo siempre brilla impecable. Me pregunto sin embargo, por qué ella le dice troca a un vehículo; ella no nació en Estados Unidos ni tampoco es chicana. Llegó, según me cuenta, hace poco más de dos años, después de mucho sufrimiento y días de hambre. La semana pasada fingí no entender sus expresiones y cuando comentó que pondría un negocio de yardas repetí después de ella: ¿Yardas? Sí, yardas ¿Qué son las yardas? pregunté con sarcástica ingenuad. Lo verde de allá afuera, el zacate, las plantas lo que está detrás de la ventana , y me indicó con el gesto de su brazo que mirara hacia el jardín. ¡Ah! El jardín, contesté con cara de haber empezado a entender. Quieres incursionar en el mundo de la jardinería. Por respuesta obtuve un gesto de superioridad.

IV

Además del novio y la madre, Rosario tiene un hermano. Él no se atrevió a cruzar el río, él estaba joven en ese entonces, me explica Rosario en uno de sus descansos que ella se autoconcede. Pero ahora lo que me preocupa es que ya se fue al seminario y a lo mejor lo mandan a Roma. Qué bueno, le digo fingiendo un cierto interés, me parece que ese viaje le dará una perspectiva que acabará por enriquecerlo. Pero él tiene miedo, dice. ¿De qué? De que no pueda ganar lo suficiente. En definitiva no ganará nada Rosario, así que si decide irse, lo debe pensar muy bien. Tendrá que dar por terminada su vida en este mundo; va a dejar de ver películas, comprar revistas pornográficas, beber chupitos, estudiar muy duro y "guardarse la manita". Rosario no me escucha e interrumpe: yo le digo que se salga, porque además ya no aguanta a mi mamá, le insisto que se venga conmigo pero él no se anima. Cualquiera que sea su decisión, tendrá que pensarlo muy bien, le comento a Rosario y de inmediato muevo el cuerpo de tal forma que doy por terminada nuestra conversación.

V

Yo le pido a Dios que ilumine a mi hermano, que le muestre el camino ¿sabe?, me viene a interrumpir Rosario con esa jerigonza cuando he dedicado la mitad de la mañana a ignorar los correos electrónicos, las llamadas telefónicas y los mensajes por el celular. Necesito tiempo para preparar mi clase y aunque sólo faltan 3 horas para presentarme ante mi grupo, no logro concluir mi ponencia. En este preciso momento en el que me encuentro tan apurada, lo último que me interesa es saber del hermano de Rosario. Mucho menos de Dios; si concede o no concede, si ayuda o no, si castiga o ni siquiera existe. Me importa un pepino. Sólo deseo acabar mi clase porque no quiero llegar a pasar vergüenzas delante de 28 estudiantes cuya única intención es ridiculizarme en cuanto se presenta la oportunidad. Por toda respuesta, deposito mis ojos en la pantalla de la computadora y le pido que cierre la puerta al salir.

VI

Este viernes Rosario llegó llorando. Operan a su madre de los ojos y no sabe si le alcanzará el dinero para la cirugía. Tiene dos años mandado una mensualidad para pagar la casa que la madre se construyó gracias a su ayuda. Como me describe la cimentación, no creo que a eso se le pueda llamar casa, pero será un techo, así que en ese sentido, si estamos tratando de ser concretos y correctos, la palabra perfecta es casa. Tendrás que ahorrar, le aconsejo, mientras continúo hojeando el diccionario de la Real Academia Española. Pero es que aún tengo que pagar mi coche, ayudarle a mi novio con su troca y juntar para mi negocio de yardas. Dios proveerá, le digo sin mucha convicción para tranquilizarla y para que no se le ocurra pedirme un aumento de salario. Pero cuando alzo la mirada, ella se jala los dedos con desesperación y su mirada se encaja en la rueda de mi silla.

VII

Perdón por llegar tarde, se excusa Rosario cuando apenas cuelgo el teléfono. Doy un brinco porque pensé que no había nadie en casa. Me asustaste le digo con el ceño fruncido y una ira mal contenida. Y en ese momento pienso que la libertad no existe, que todos reaccionamos igual frente a circunstancias análogas. Si se hiciera un programa del Discovery Channel, dirían que los humanos presentamos las

mismas reacciones frente a los mismos estímulos… o algo
parecido sólo que más elaborado, más parsimonioso y en inglés.
Fui al ginecólogo, interrumpe mis divagaciones, tengo una
infección. Y entonces, dentro de mis pensamientos, pido a gritos
volver a mis pensamientos; quiero estar sola y continuar con
mi trabajo. No me interesan los asuntos privados de Rosario,
sus excreciones, sus dolores, sus males. Trato de eludirla, pero
está parada en el portal de mi estudio y me obstruye la salida.
Respiro profundo y trato de calmarme. Rosario, debes tener
cuidado con esos detalles, son muy delicados, ¿sabes? Pero dime,
¿te estás cuidando? Y el rostro de Rosario se confunde con el
de la pared bermellón. Es que usted piensa mal de mí., yo no
soy de esas.. No Rosario, pero tienes que ver por ti misma,
es natural que si quieres a tu novio tengas relaciones sexuales
con él, no me malentiendas. Pero lo que intento decirte es
que consideres que debes atender ese problema y ver por ti.
Rosario se tranquiliza; lo sé porque ya ha pasado a mi estudio,
está sentada en uno de mis sillones, cruza las piernas y habla a
una velocidad que apenas puedo seguir.

VIII

Hoy salí lo más silenciosamente posible para que
Rosario no me escuchara. Me deslicé por la puerta del garage
y pedí ayuda al chofer. Tengo que presentarme a la corte y
fungir como jurado en un caso de indocumentados. Todo esto
es absurdo porque me corta la mañana. Realmente es muy
molesto lidiar con esas cosas. Además ¿qué puede uno aprender
de este tipo de casos? ¿qué beneficios puedo sacar? ¿Qué
contactos puedo hacer?

a) He estado pensando, me dice
Rosario esta mañana. Creo que sí me lanzo a poner

mi negocio de yardas. No creo que te convenga, le digo con cierta firmeza para que de una vez por todas olvide esa idea. Como ignora mi comentario y continúa explicándome detalladamente sus planes, comienzo a sentir la necesidad de decirle: Conmigo tienes una entrada fija y en ese negocito absurdo que piensas iniciar no sabes si comerás a diario. Además yo requiero de tus servicios. Sabes bien cuánto te necesito y si me dejas, me podría caer o sufrir un accidente. Estoy sola. Si me pasara algo, nadie se presentaría para ayudarme.

b) Pero yo estaría al pendiente de usted todos los lunes, me contestaría optimista. No te puedes ir, yo diría contundente. Rosario permanecería en silencio. Yo no la miraría esta vez porque me encontraría con la desesperación en sus manos, pero uno tiene que ver por uno mismo. Esta es la ley de la selva. No creo que te interese que llame a la oficina de inmigración ¿verdad Rosario?

c) Rosario se acercaría a mí, se hincaría sobre el piso, tomaría una de las ruedas de mi silla, incluso se colgaría de ella y me rogaría que la dejara ir. Sabes que podría llamar a la migra ¿verdad? repetiría lentamente. Entonces Rosario se levantaría despacio y me pediría que no lo hiciera. Pausadamente y no sin rencor en su voz me aseguraría que mañana, a la misma hora de siempre, se presentaría en su trabajo.

IX

Rosario no se ha presentado a trabajar esta semana
y empiezo a temer lo peor. No me puedo concentrar en la
preparación de mis clases, la casa está hecha un tiradero y no
tengo quien me ayude a limpiar las huellas negras que dejan
las ruedas de mi silla. Le he marcado innumerables veces a su
celular y la amiga que vive con ella tartamudea cada vez que
le pregunto si sabe algo de Rosario. ¿Se habrá enojado después
de nuestra última conversación? No creo que ese sea el motivo
de su silencio. Con lo expresiva que es me lo hubiera dicho
de inmediato. Decido entonces poner un plazo mental y
me prometo llamar a la policía si no me contesta esta misma
semana.

X

Rosario me llama un lunes por la tarde. No estoy
segura de su reacción, de si está llorando; se escucha ruido en
el fondo. Mi culpa sólo me permite preguntarle cómo está
y cómo puedo ayudarla. Me dice que necesita dinero. Le digo
que regrese pero me dice que no puede. Por qué Rosario.
Porque necesito el dinero. Pero si vienes te lo doy enseguida.
Es que le tengo miedo a la migra. ¿Qué hay con la migra?
¿es por eso que no viniste la semana pasada? ¿No puedes
hablar? Dime cómo te puedo ayudar Rosario. Necesito dinero.
¿Cuánto necesitas? Por lo menos 2 mil dólares. Es una cantidad
imposible, sabes que no lo tengo. Si no me lo da, no sé si puedo
regresar ¿Entonces sí te agarró la migra? ¿Estás bien? Rosario,
por favor dime qué está pasando, no entiendo en dónde estás
ni la razón de tus ausencias. Si no me respondes menos voy
a saber lo que sucede. Y entonces, sin más, entre un mar de

interferencias me explica que no quiere que su madre pase penurias, que no sabe qué pasó, que la ayude mandando dinero a Durango, que hoy es lunes y que comience de inmediato. No puedo hacerlo, Rosario, lo sabes muy bien. Entonces ella gime, o eso creo porque el ruido es mucho más fuerte y su voz se escucha entrecortada. Solo me llegan palabras llorosas y sueltas: mi madre, la casa, necesita, suplico, la migra. Su voz se eleva, pero ya no entiendo nada, sólo percibo su desesperación y la imagino en las garras de la migra, confinada, extorsionada, inmovilizada. La imagino llorando y sin haber comido. Le doy mi palabra, le prometo ayudar a su familia y ver porque nada le falte. Ella parece más tranquila, incluso la imagino sonriendo. Promete regresar en la primera oportunidad que se le presente.

XI

Hace unos días me pareció ver a una camioneta roja a unas cuadras de la casa. Estaba estacionada enfrente de una residencia con un jardín enorme. El parabrisas reflejaba el sol de mediodía con tal fuerza que cegó mis ojos. No alcancé a distinguir quién estaba sentado en el lugar del conductor, y a la persona que estaba sentada a su lado. La intensidad de la luz se erguía como un muro grueso e impenetrable. Desvié la mirada. No pude resistir el reflejo que me llegaba desafiante. Amenazador.

XII

Cada lunes mando dinero a Durango. Sé que en cuanto pueda, ella misma retomará sus compromisos económicos, me refiero a Rosario, no a la madre. Sé que volveremos a platicar como lo hacíamos todos los días a pesar de todo; estoy segura de que habrá momentos que sienta que me quita el tiempo y divague mientras ella habla, pero también estoy segura de que a su regreso todo volverá a la normalidad. Ojalá que la migra la suelte pronto. Ojalá que no la hayan deportado. La extraño.

Jesús Torrecilla

Bautismo

En noviembre del año pasado, unos meses después de divorciarnos, me llamó Allison para decirme que ese fin de semana se bautizaba en una iglesia presbiteriana del condado de Orange. La ceremonia tendría lugar a última hora de la mañana y me pidió por favor que la acompañara. Al parecer había tenido una de esas revelaciones que marcan una inflexión en tu vida y que te transforman de raíz. Estaba convencida de que era la señal que esperaba. A partir de ese momento todo sería diferente: podría empezar de nuevo, encontrar su verdadero camino, corregir los errores del pasado.

Cinco años conviviendo con Allison habían conseguido eliminar en mí la capacidad de sorpresa, pero no el sentido de la realidad. Reaccioné, por tanto, con una buena dosis de escepticismo, especialmente porque conocía bien a mi ex (todo lo que se puede conocer a una persona de la que te has divorciado) y porque sabía que no era la primera vez que pasaba por una reconversión de ese tipo. Epifanía es la palabra que ella emplearía. Sin embargo, por extraño que pueda parecer, decidí aceptar su propuesta. Allison había sufrido una fuerte depresión cuando nos separamos y aunque había sido ella la que inició el divorcio, yo me sentía en cierto modo responsable de su situación. Comprendo que es absurdo, que mi ex tenía problemas mucho antes de conocerme y que seguramente los habría tenido de no haberme conocido nunca, pero la lógica no suele funcionar en estos casos. El hecho es que al poco de separarnos yo había empezado una relación con Sarah, una antigua compañera suya del trabajo, y Allison seguía sola. O al menos eso era lo que yo pensaba.

De manera que me dispuse a asistir al bautizo.

Cuando llegué a la iglesia, Allison estaba hablando en la puerta del edificio con una mujer a la que me presentó como la esposa del pastor. Era una señora ya mayor, muy nerviosa, con la cara arrugada y el pelo teñido de rubio. A su lado, un hombre con traje y corbata repartía fotocopias a los concurrentes al acto en las que se especificaban las distintas ceremonias religiosas del día. Allison me saludó con naturalidad, como si acabáramos de vernos el día anterior, y procedió a introducirme al hombre de los folletos.

—Bryan, mi novio.

Alargué la mano y me identifiqué.

—Víctor, mucho gusto.

El hombre me miró con interés. Probablemente estaría al corriente de mi relación de cinco años con Allison y de todos los entresijos de nuestra vida en común. Me quedé de pie a su lado, incómodo, sin saber muy bien qué hacer, y cuando sonó el timbre para el comienzo de la liturgia, nos dirigimos a uno de los laterales del templo y nos sentamos en un banco. La iglesia era moderna, funcional, con vidrieras de colores que representaban escenas de la Biblia y un altar de granito en el centro, debajo de una gran cruz desnuda. La disposición de los asientos en semicírculo, así como los enormes focos que proyectaban su luz sobre el oficiante, dotaban a la sala de un cierto aire teatral. Había también una bandera americana al lado de un pendón blanco con letras azules. La mayoría de los fieles habían pasado la barrera de los setenta.

El pastor alzó los brazos para que nos pusiéramos en pie. Allison me preguntó si conocía la letra de las canciones y, sin esperar mi respuesta, me acercó el libreto y lo abrió por la primera página. Mientras entonábamos los himnos litúrgicos, llenos de imploraciones a Dios y esperanza de liberación, me agarró firmemente de la mano y pareció sumergirse en las profundidades de la música. Estaba iluminada, tranquila, sonriente. Miré discretamente hacia la izquierda y comprobé que tenía agarrada la mano de Brian. Allison siempre había poseído esa desconcertante facilidad para ponerse a sí misma en ridículo y crear situaciones incómodas a los que la rodeaban. No de manera intencional, sino naturalmente, como si constituyera un rasgo fatal de su personalidad. Aunque nunca había escuchado las canciones, tarareé la letra y me dejé llevar por el grupo. Era una extraña sensación (agradable y turbadora al mismo tiempo) la de encontrarme de nuevo en una iglesia, después de tantos años y en tan peculiares circunstancias.

Durante la homilía, antes de proceder al bautismo como tal, el pastor habló de dios, de su amor sin límites y de su inagotable voluntad de perdón, de su misericordia infinita y de que siempre está dispuesto a dar una nueva oportunidad a los que acuden a él arrepentidos. Luego comentó la importancia de la ceremonia que iba a tener lugar. Allison subió solemnemente las gradas del escenario, pronunció unas emocionadas palabras en el micrófono, agradeciendo a todos los que la habían ayudado a formar parte de la maravillosa familia cristiana, y recibió el agua del sacramento sobre una pila bautismal portátil. Al finalizar la función religiosa, varias parejas de viejos simpáticos se acercaron al frente para felicitarla.

Fuera hacía calor. Pensé en poner cualquier excusa y largarme, para acabar con una situación que me resultaba incómoda, pero Allison insistió en que quería presentarme a algunas personas que conocía. Por favor. No serían más de cinco minutos.

Frente al edificio de la iglesia había una gran nave con cocina que se usaba para dar de comer a los indigentes y en la que habían colocado varias mesas con bebidas y diversos tipos de dulces. Me serví un café y un trozo de tarta y, mientras la mayoría de la gente departía amigablemente sobre viajes y enfermedades, con la familiaridad de los que repiten esos rituales todos los fines de semana, me dediqué a contemplar los detalles del local: el entramado de madera de los techos, la cruz solitaria que decoraba una de las paredes, los ventiladores dando vueltas encima de nuestras cabezas...

Finalmente apareció Allison con el pastor, siempre radiante, y me presentó como la persona con la que había estado casada cinco años.

El pastor era un hombre grande, calvo, bonachón. Se entusiasmó hablando de la gran temporada que estaban haciendo los Trojans y de las cualidades de algunos de sus jugadores. En su opinión eran los grandes favoritos para ganar el Rose Bowl.

Pero los feligreses no le dejaban tranquilo. Un matrimonio octogenario vino a pedirle información sobre las cajas de comida que se preparaban para los pobres y el pastor se libró de ellos dándoles el nombre de la persona encargada.

Cuando se alejaban hacia el interior de la nave, se volvió hacia mí y me preguntó.

—Which place do you call home?

La pregunta me sorprendió, porque, a diferencia de lo que considero normal en esos casos, al pastor no le preocupaba el dato objetivo de mi lugar de nacimiento, sino algo más impreciso y humano: el lugar con el que me identificaba y sin el que mi vida habría quedado reducida a un montón de episodios dispersos. Pero la pregunta no era fácil de responder: ¿dónde estaba mi casa? ¿a qué lugar pertenecía? Miré los ojos azules de mi interlocutor, aparentemente apagados, y pensé que tal vez no fuera una persona tan simple como parecía. Me limité a decir.

—Vivo en Los Ángeles.

El pastor asintió con la cabeza y en ese momento, como si se propusiera eximirme de contestar de una manera más específica, se aproximó su esposa con una bandeja de dulces. Venía con ella un mujer joven que el pastor me presentó como su hija.

—Raquel.

—Mucho gusto.

Me llamó la atención que, a diferencia del pastor y de su esposa (rubios ambos y de ojos azules), tenía facciones indígenas. En el curso de la conversación averigüé que acababa de pasar varios meses en un pequeño pueblo ecuatoriano fronterizo con Perú, como parte de un programa de Peace Corps destinado a mejorar la agricultura y a reducir los índices de mortalidad infantil. Habló de las condiciones en que vivían los campesinos, de la dureza del clima, de la pobreza del suelo, de la falta de medios. Había en su voz un fondo de desaliento que parecía fatigar el relato y que de algún modo lo humanizaba.

La esposa del pastor dijo que también ellos habían vivido en el Perú, pero como misioneros, hacía mucho tiempo, poco después de contraer matrimonio.

—Al principio no podía soportarlo. El lugar estaba a doce mil pies de altura y me pasaba el día vomitando.

Luego se dirigió a mí.

—Supongo que habrá oído usted hablar del soroche.

—Sí, el mal de altura.

—Es horrible. Pensé que me moría. Pero luego me acostumbré y no quería regresar a América. No he visto nunca un aire tan puro. Te quemaba la piel como un sol de hielo.

El pastor advirtió.

—Marie es poeta.

Pensé captar un leve tono de ironía en su voz, pero Marie me miró como si acabara de entregarme su carta de presentación. En lugar de sonreírme, le pregunté.

—¿De veras?

Y añadí, mientras sorbía el café.

—Es curioso, porque en febrero tengo previsto un viaje a Perú.

La información era auténtica, aunque ahora, debo confesarlo, quería aprovecharla para entrar en contacto con Raquel.

—¿Adónde piensa ir?

—A Lima, a Cuzco. No estoy muy seguro. Me gustaría hacer algo fuera de las rutas turísticas. Tal vez ustedes puedan aconsejarme.

Allison recordó algunas de nuestras cuentas pendientes.

—Era un viaje que planeábamos hacer juntos.

Se produjo un incómodo silencio, pero la voz de Raquel no se hizo esperar.

—Por supuesto que podemos ayudarle.

Raquel era una mujer atractiva, aunque se empeñaba en disimularlo. Vestía con una camisa mal cortada y una falda negra de pianista solterona que le llegaba hasta los tobillos. No tendría más de treinta años. Miré el reloj y fingí urgencia.

—Se está haciendo tarde. Tengo que irme.

Luego me dirigí a Raquel.

—Si quiere le doy mi número de teléfono.

—Está bien.

Ella abrió el bolso y escribió también el suyo en una hoja.

Era todo lo que necesitaba.

Les hice a todos un último saludo en español y me encaminé al auto. Cuando estábamos en el aparcamiento, Allison me confesó.

—Raquel no es hija biológica de John y de Marie. La adoptaron cuando vivían en Perú. Sus padres murieron en un accidente.

A partir de ese día mi relación con Sarah se enfrió. Nunca me perdonó mi aventura baustismal en el valle, especialmente porque, según ella, demostraba que todavía seguía interesado en Allison. Aunque nos seguimos viendo durante algunas semanas y pasamos juntos el thanksgiving, jugando a trivia con sus hijas y comiendo pavo en el jardín, cuando llegaron las Navidades ya nos habíamos distanciado definitivamente.

Así es que volví a mis hábitos de otros tiempos y el Año Nuevo lo celebré en Las Vegas.

A mediados de enero llamé a Raquel y le pregunté si quería que nos viéramos ese fin de semana. La excusa, por supuesto, era el viaje a Perú. Le propuse los nombres de algunos locales de Woodland Hills y Tarzana, cerca de donde vivían sus padres, pero prefirió hacer la cita en un restaurante mexicano de Westwood que había frecuentado en su época de estudiante.

Cuando llegué, Raquel ya me esperaba con un vaso de seven—up en la mano, sentada en una mesa que daba a la calle y con gesto de preocupación. La saludé y me acomodé a su lado.

—¿Qué tal las Navidades?

—Bien.

Su voz no transmitía entusiasmo. Removió el hielo con el popote y se quedó mirando el vaso.

—No me gustan las Navidades. Claro que a mis padres no se lo puedo decir.

Pedí una cerveza y le pregunté si quería repasar la hoja del menú, pero movió suavemente la cabeza.

—¿Te importa que esperemos un poco? Es temprano.

—Claro, yo tampoco tengo hambre.

En la televisión del bar ofrecían un partido en diferido de los Lakers. Abrí el mapa de Perú y lo puse encima de la mesa.

—He estado mirando posibilidades. Creo que lo mejor es que elimine la parte de la selva.

Pero Raquel no prestaba atención. Continuaba removiendo el hielo de manera automática, abstraída en sus pensamientos, como si no me hubiera escuchado. Levantó la vista y me miró a los ojos.

—El día de Navidad tuvimos que llevar a mi madre al hospital.

La confesión me sorprendió.

—¿Al hospital? ¿Por qué?

—Una crisis nerviosa. No es la primera vez que pasa.

El camarero trajo una cesta de totopos y la puso encima de la mesa. Raquel deslizó los dedos por la superficie humedecida del vaso.

—En realidad no la llevamos a un hospital, sino a una clínica psiquiátrica. De vez en cuando tiene este tipo de crisis. Se encierra en su habitación y no quiere salir.

Su mirada volvió a centrarse en la mesa. No parecía hablar conmigo.

—Los ataques le duran varios días. Grita y golpea las paredes. Esta vez, como las cerraduras no funcionaban, se metió en un cuarto de baño y bloqueó la entrada con un armario.

—¿Cuándo fue?

—El veintitrés por la tarde. Podíamos haber forzado la puerta, pero sabemos que no es bueno para ella. Hay que esperar a que se tranquilice y tratar de convencerla. Gritaba que le faltaba uno de sus cuadernos de poesía, que le teníamos envidia, que se lo habíamos quitado. Nosotros le dijimos que le íbamos a ayudar a encontrarlo, que debía de estar en algún lugar de la casa, pero no nos hacía caso. Seguía empeñada en que era un complot. El veinticuatro por la noche cenamos mi padre y yo solos. Este año mis hermanos tenían otros planes y no quisimos decirles nada para que no se preocuparan. El día de Navidad estábamos agotados. Después de cuarenta y ocho horas sin dormir, decidimos llamar a la clínica y explicarles el problema.

Unos músicos se acercaron a nosotros, pero como vieron que no mostrábamos interés en contratar sus servicios, se ajustaron las cuerdas de los sombreros y se fueron pespunteando las guitarras hacia otras mesas. Raquel dio un largo suspiro.

—Es terrible ver a tu madre sufrir de ese modo y no poder hacer nada. Porque para ella todo lo que se imagina es real.

Yo asentí con la cabeza. A lo largo de mi vida me había encontrado varias veces con situaciones similares. Algunos de mis mejores amigos habían pasado por el psiquiatra.

—Por supuesto que es real.

Raquel se acercó el vaso a los labios.

—Cuando llegaron los enfermeros era de noche. Estuvieron casi dos horas hablando con mi madre, pero no quería salir. Porfiaba como una niña. Sólo pudieron convencerla cuando le prometieron que la llevarían al McDonald´s que está cerca de nuestra casa.

En otras circunstancias el detalle me habría hecho reir, pero en ese contexto poseía una peculiaridad trágica.

—¿Al McDonald´s? ¿Por qué?

—Es donde va todos los días a escribir poesía.

Cerró los ojos y añadió.

—Dice que es donde mejor se inspira.

Se me ocurrió una objeción práctica.

—Pero el McDonald´s estaría cerrado. Todos los restaurantes cierran el día de Navidad.

—Es posible.

—¿Entonces?

Raquel me miró como si no acabara de comprender.

—Lo que querían no era llevarla al McDonald´s, sino convencerla de que abriera la puerta. Cuando entraron le pusieron una dosis de tranquilizantes y se pasó veinticuatro horas durmiendo.

A lo lejos se escuchó a los camareros cantando el mañanitas sin demasiada convicción. Observé la expresión preocupada en la cara de Raquel y pensé que era extraño que sin apenas conocernos hubiera decidido confesarme algo tan personal. Aunque, para qué negarlo, me gustó esa prueba de confianza.

Raquel sorbió el último líquido del vaso y dejó el popote encima de la servilleta. El hielo se había disuelto.

—¿Quieres otro seven—up?

—Creo que tomaré un vino.

Cuando el camarero pasó por nuestro lado, levanté la mano y le pedí una nueva ronda de bebidas. La barra se había llenado de jóvenes que reían y gritaban con la euforia del fin de semana. Raquel se dejó llevar por el pesimismo.

—Yo soy como mi madre.

La comparación me pareció absurda. A primera vista al menos las diferencias eran sustanciales: una era nerviosa y mercurial, y la otra tranquila e introvertida... Cuando llegaron los vinos, acercamos las copas y le pedí que me explicara. Raquel tardó en contestar.

—Siempre he sido una persona rara, siempre me ha parecido que no encajo en ningún sitio. Ya ves cómo son mis padres..., quiero decir físicamente. Pero también en la escuela, en la universidad... Por eso me alisté en los Peace Corps.

Agitó mecánicamente la copa sobre la mesa y añadió.

—Mi madre ve poesía a su alrededor y yo veo gente desamparada, pero en el fondo creo que las dos buscamos lo mismo.

Sobre la superficie del vino se formó una fugaz capa de espuma. Raquel me miró a los ojos.

—Creo que las dos buscamos una forma de redención.

La frase me hizo pensar.

Los músicos con los sombreros mexicanos entonaban un bolero para una familia de asiáticos. La letra melancólica quedaba a veces ahogada por el estrépito de las risas en la barra. Raquel introdujo una chispa de animación en la voz.

—¿Conoces a mis hermanos?

—No, sólo conozco a tus padres. Me los presentó Allison.

—Claro. Bueno, pues si los conocieras te darías cuenta de lo diferentes que somos. Jonatahn y Rebecca son perfectos. Buenos deportistas, excelentes estudiantes, simpáticos, extrovertidos, se casaron bien...Yo en cambio nunca he estado segura de lo que quería. He ido dando tumbos por la vida. No recuerdo la cantidad de veces que he cambiado de trabajo.

—A mí me ha pasado lo mismo. Por eso estoy en Los Angeles.

Raquel me miró con expresión de sorpresa.

—¿Te gusta Los Ángeles?

—No es que me guste, pero si no encajas en ningún sitio, aquí por lo menos tienes con quién identificarte. Parece que todo el mundo está de paso.

—Nunca lo había pensado.

Un viejo se dirigió hacia la puerta en una silla de ruedas motorizada. Raquel señaló el mapa y cambió de tema.

—Todavía no hemos hablado de tu viaje.

Las mesas a nuestro alrededor se habían llenado de familias con niños pequeños que probaban la fuerza de sus pulmones. La música de las guitarras se superponía a los gritos de los clientes. Yo empezaba a sentir hambre.

—¿Por qué no vamos a otro sitio a comer algo? Aquí es difícil hablar.

—¿Cuándo sales para Perú?

—En un mes, a mediados de febrero.

—Entonces tenemos tiempo. Si quieres, puedes venir un día a cenar a casa. Mis padres vivieron seis años en el Valle Sagrado. Lo conocen mejor que yo.

La conversación o el vino parecían haberle cambiado el estado de ánimo. Le agradecí la invitación, pero me sentí obligado a recordar la crisis de su madre. Probablemente no estaría en condiciones de recibir visitas. Raquel me tranquilizó.

—Todo lo contrario. Cuando se le pasa, vuelve a ser la de siempre, sólo tiene que tomar sus medicinas. Además, le conviene ver a gente y que haya movimiento a su alrededor.

Ante mi mutismo, Raquel propuso.

—¿Qué te parece el próximo viernes?

Consulté la agenda.

—El viernes por la tarde trabajo, pero podría ser el jueves.

—Okey, entonces lo anoto para el jueves. ¿Te viene bien a las siete? Si mis padres no pueden, te aviso.

El día de la cena, poco antes de la hora convenida, me acerqué al McDonald's de Ventura Boulevard y pedí un vaso de sprite. Me senté en una de las mesas, apoyé la espalda en la pared y repasé las caras de los clientes. Había un viejo con una chupa amarilla comiendo tiras de pollo, una señora pensativa con la barbilla apoyada en la mano, un jubilado leyendo el periódico, un matrimonio hispano con cuatro niños... Nada fuera de lo común. ¿A qué hora vendría Marie y en qué mesa se sentaría? Miré el payaso sonriente del póster, el anuncio de Big Mac en el mantel de la bandeja, las fotografías de ensaladas y comidas baratas, los carteles de ofertas que se transparentaban en los cristales... Todo me resultaba tan impersonal, tan anodino, que necesité un gran esfuerzo de concentración para identificar los detalles. Porque la decoración parecía especialmente diseñada para no ser recordada, así como la música para no ser percibida y los toques artísticos para que no repararas en ellos. Por las grandes cristaleras se divisaba la misma calle impersonal de cualquier ciudad americana, libre de peatones y con los autos circulando en ambas direcciones, el pequeño jardín anodino de pasto verde, las inevitables flores multicolores, los arbustos perfectamente recortados... ¿Dónde podía Marie encontrar ahí la inspiración para sus poesías? ¿En las sillas de material sintético? ¿En los respaldos de plástico con dibujos geométricos? ¿En las palmeras fabricadas en serie en viveros industriales de Arizona? ¿En los cuadros de las paredes, colocados para rellenar huecos? Abstractos mondrianes, picassos funcionales, últimos ecos inoperantes de las grandes revoluciones artísticas del siglo XX... Era difícil adivinar lo que Marie podía encontrar en ese ámbito sin personalidad, lo que estimulaba su imaginación, lo que le hacía elevarse hacia el espacio puro del ideal o de los sueños.

Sin apenas probar el sprite, miré el reloj y me dirigí a casa de mis anfitriones. Salió a abrirme Raquel, nos acomodamos brevemente en los sillones del salón, como para hacer tiempo antes de cenar, y, después de tomarnos unas cervezas y unos aperitivos, pasamos a la mesa del comedor y comenzamos con la ensalada. Las paredes estaban cubiertas de paisajes y objetos peruanos, de mantas con diseños geométricos y antiguas fotografías familiares en el altiplano. En algunas de ellas se veía a John y Marie en fiestas y mercados al aire libre, en Macchu Picchu y en Cuzco, con indígenas sonrientes y con vicuñas que parecían mostrar orgullosas las cintas de colores que colgaban de sus orejas. También había un piano y un reloj antiguo que daba las horas con estrépito de resortes.

Pensé que lo sucedido en las Navidades había quedado archivado en un plano distinto del cotidiano, en esa especie de subconsciente reprimido en el que otras parejas guardan los insultos y las infidelidades. El padre mantenía la misma actitud reposada y bonachona de siempre, como si todo en la vida pudiera resolverse con un buen apretón de manos, y la madre seguía activa y nerviosa, cambiando objetos de sitio y encontrando excusas para estar siempre en movimiento.

Cuando terminamos la cena, John propuso que nos sentáramos de nuevo en el sofá del salón y sacó un libro con ilustraciones de los Andes. Ollantaytambo, Pisac, Quillabamba, Sacsayhuaman. Anoté algunas sugerencias para el viaje y, mientras contemplábamos antiguas fotografías cargadas de evocaciones, Raquel le propuso a Marie que leyera una selección de sus versos. Al principio se negó, con esa falsa modestia de los escritores que desean hacerse rogar por el público, pero no tuvo que insistir mucho para que cediera. Sacó una carpeta de la estantería y seleccionó algunas cuartillas pasadas a máquina. Las composiciones que leyó eran fogosas y apasionadas, de frases largas e imágenes encendidas, con un tempo reposado que parecía enlazar ideas y conceptos en una sucesión interminable de ritmo oceánico. Había espadas de fuego que penetraban la carne trémula de amantes desnudos, paisajes desérticos recorridos por un viento implacable, ríos de mercurio que abrasaban la piel de seres gozosos y torturados, dejando a su paso un rastro de desolación y de éxtasis.

Mientras avanzaba por la sucesión de páginas, con una voz fuerte y entonada que no parecía salir de su cuerpo, yo pensaba en el concesionario de autos de Santa Mónica en el que trabajaba desde hacía cuatro años, en las preguntas estúpidas de los clientes que siempre había que contestar con una sonrisa, en mi artificial entusiasmo inducido por el café, en las interminables reuniones semanales, en los aburridos porcentajes de ventas y de beneficios. ¿Cómo había llegado a esa situación? Yo también había sido un rebelde y un inadaptado, yo también había experimentado en un momento no muy lejano la necesidad de hacer algo grande, yo también me había propuesto una alternativa más intensa a la adormecedora digestión de lo cotidiano. Y todo lo que había logrado era una enorme jarra de café para incrementar mi euforia vendedora. Ésa era toda mi intensidad. Patético. ¿Y qué alternativas se me ofrecían? Ninguna, me decía con rabia, casi con alegría, sabiendo que estaba siendo injusto conmigo mismo, pero al mismo tiempo experimentando una especie de descanso. Raquel tenía razón. A ella la redimía la pureza de su altruísmo o la profundidad de su desamparo (que en el fondo venían a ser lo mismo) y a Marie la violencia de su poesía o la desesperación de su locura. Incluso a John parecía redimirlo la bondad de su carácter, y a Allison (también a ella ¿por qué no?) la dolorosa angustia de su confusión. Pero a mí ¿qué podía redimirme a mí? Hacía ya casi quince años que había llegado a Los Angeles con el objeto de probarme a mí mismo, de renovarme, de encontrar una nueva dirección en mi vida, pero había fracasado en todo lo que me había propuesto, en mis intentos de convertirme en un guionista de cine, en mis proyectos, en mis metas artísticas, en mis relaciones sentimentales... Aunque tal vez por eso mismo, por la extensión de mi patetismo, ahí estuviera mi redención. Observé con amargura mis manos y pensé que también los golpes redimen, que también el fracaso posee una dignidad, una grandeza, una dimensión trágica. Sobre todo cuando se trata de un fracaso sin fisuras. Desplacé la mirada hacia Marie, que movía los dedos temblorosos por las líneas mecanografiadas de los versos, nerviosa, preocupada, y, mientras escuchaba sus palabras enardecidas y frenéticas, su inútil monólogo desesperado, noté que una especie de bálsamo reconfortante (como si se tratara de un bautismo largamente esperado) empezaba a descender sobre mi espíritu.

Biografías

Mario Bencastro (Ahuachapán, El Salvador, 1949) es autor de obras premiadas que exploran el drama de la guerra civil salvadoreña y la diáspora de millones de emigrantes centroamericanos a Estados Unidos, publicadas en México, El Salvador, Haití, Canadá, Estados Unidos y la India, y traducida al inglés, francés y alemán.

Su obra publicada incluye: Disparo en la catedral (Novela, Diana, México 1990; Arte Público Press, EEUU 1996), finalista del Premio Internacional Novedades y Diana, México, 1989; Árbol de la vida: historias de la guerra civil (Clásicos Roxsil, El Salvador 1993, Arte Público Press, 1997); Odisea del Norte (Novela, Arte Público Press, 1999; Sanbun, Nueva Delhi, 1999); Viaje a la tierra del abuelo (Novela, Arte Público Press, 2004); Paraíso portátil (Cuento, poesía y novela, Arte Público Press, 2010).

Odisea del Norte fue declarada finalista en el Premio del Libro para Editores Independientes de 1999 (1999 Independent Publisher Books Awards), de Estados Unidos.

El autor dirige ArteNet, servicio internacional de información cultural, el cual fundó en 1999. Se ha presentado en más de cien lecturas y conferencias literarias en bibliotecas, escuelas públicas, universidades y organizaciones de la comunidad en El Salvador, Guatemala, España, Italia, Venezuela y Norteamérica.

Alicia Borinsky, es una académica literaria, poeta y escritora de narrativa. Ha publicado extensamente en español e inglés, tanto en Estados Unidos como en Latinoamérica y Europa.

Sus libros más recientes son las novelas Sueños del seductor
abandonado (Corregidor, Buenos Aires, 1995) y Mean Woman
University of Nebraska Press, 1993), traducido por Cola
Franzen; un libro de crítica literaria intitulado Theoretical
Fables, The Pedagogical Dream in Contemporary Latin—
American Fiction (University of Pennsylvania Press, 1993); y
un libro de poesía, La pareja desmontable (Corregidor, Buenos
Aires, 1994). Borinsky es profesora de literatura latinoamericana
y contemporánea y directora del Programa Interdisciplinario de
Estudios Latinoamericanos en la Universidad de Boston.

José Castro Urioste Peruano nacido en Montevideo,
Uruguay. Obtuvo el Bachillerato en Literatura en la
Universidad de San Marcos, y completó estudios en Derecho
y Ciencias Política en la Universidad de Lima. Se doctoró en
Literatura Latinoamericana en la Universidad de Pittsburgh.
Ha publicado A la orilla del mundo (teatro, 1989), Aún viven
las manos de Santiago Berríos (noveleta, 1991), ¿Y tú qué
has hecho? (novela, 2001, publicada en inglés en 2009), De
Doña Bárbara al neoliberalismo: escritura y modernidad en
América Latina (crítica literaria, 2006), que posteriomente
fue editada por la Universidad del Valle, Cali, Colombia, 2007.
Es co—editor del volumen Dramaturgia peruana (1999).
En 2006 fue finalista en el Premio de novela La Nación—
Editorial Sudamericana, con su novela Historias de arena.
Asimismo, ha sido dos veces finalista en el concurso Letras de
Oro organizado por la Universidad de Miami: en 1993 con la
obra de teatro Ceviche en Pittsburgh, y en 1996 con el libro
de relatos Desnudos a medianoche. Sus obras de teatro se han
representado en Perú, Estados Unidos, Uruguay. Sus textos de
narrativa fueron incluidos en diversas antologías. Actualmente se
desempeña como catedrático de literatura latinoamericana en

Purdue University Calumet y reside en la ciudad de Chicago.

Mirta Corpa Vargas Nació en Buenos Aires Argentina, donde realizó estudios de Lingüística en la Universidad de Buenos Aires. En Estados Unidos obtuvo su doctorado en Filosofía y Letras en la Universidad de California, Riverside. Es autora de los siguientes ensayos: Los cuentos de Liliana Heker: Testimonios de vida (1996), obra finalista en el concurso Letras de Oro (1995), Universidad de Miami/Consulado de España; Eva Perón en el cristal de la escritura: Mabel Pagano Personaje literario y postrauma (2000). Además publicó los siguientes libros de cuentos: Al despertar de otro cielo (2002) y La cárcel de la infancia (2003).
En la actualidad se desempaña en la función de Lecturer and language program Coordinator en la Universidad de California, Riverside, escribe artículos literarios y participa de congresos de literatura en el ámbito internacional.

Ricardo Chávez Castañeda Nació en la Ciudad de México (1961). Escritor, se le incluye también dentro de las filas de la Generación del Crack. A los veintidós años este amante de la niñez estudió la licenciatura en Psicología en la Universidad Nacional Autónoma de México. Al terminar su carrera se dedicó a tomar talleres de creación literaria, igualmente asistió a la SOGEM. Poco a poco, de forma anónima y solitaria, Ricardo empezó a formar una colección de premios por sus trabajos. En 1987 obtuvo el primer lugar en el Certamen Estatal de Cuento del Estado de México, también ganó el tercer lugar en el Quinto Certamen Francisco Mota Mújica del Crea, después fue premiado en la XIII Fiesta Latinoamericana de la Literatura en homenaje a Jorge Luis Borges, en Buenos Aires Argentina.

En 1988 obtuvo el segundo lugar en el Certamen Estatal de Cuento, convocado por el ISSSTE; en 1989 logró el primer premio en el Concurso de Cuento Ecológico Universitario, en el 90 obtuvo mención honorífica en el Concurso de Cuento de la Revista Plural, en el 91 la mención fue en los concursos Gilberto Owen y Efraín Huerta. Así mismo obtuvo el primer lugar en el Concurso de Cuento Salvador Gallardo y el Premio de cuento San Luis Potosí.

Ariel Dorfman Nació en Buenos Aires en 1942, pero es ciudadano chileno y vive desde hace años en Estados Unidos, donde es profesor en la Universidad de Duke. Desde su legendario ensayo Para leer el pato Donald, Dorfman ha ido edificando una obra literaria que ya ha sido traducida a más de veinte idiomas. Entre sus libros cabe citar las novelas Moros en la costa (Premio Sudamericana 1973), Viudas (1980), La última canción de Manuel Sendero (1982) y Máscaras (1988), y la obra teatral La muerte y la doncella, llevada al cine por Roman Polanski.

Teresa Dovalpage Nació en La Habana y ahora vive en Taos, Nuevo México. Ha publicado cinco novelas: Muerte de un murciano en La Habana (Anagrama, 2006; finalista del premio Herralde), A Girl like Che Guevara (Soho Press, 2004), Posesas de La Habana (PurePlay Press, 2004), Habanera, A Portrait of a Cuban Family (Floricanto Press, 2010) y El difunto Fidel (Renacimiento, 2011) que ganó el premio Rincón de la Victoria en Málaga en marzo del 2009, así como la colección de cuentos Por culpa de Candela (Floricanto Press, 2009). Su sexta novela, La Regenta en La Habana, será publicada en 2012 en España por el Grupo Edebé. Es profesora de la Universidad de Nuevo México y tiene un doctorado en literatura latinoamericana.

Roberto Fernández Es un novelista que ha sido descripto como el "William Burroughs" cubano, debido a las cualidades fantásticas y surreales de sus escritos. Su literatura plasma el choque de lenguas, culturas y temperamentos que caracterizan la experiencia inmigrante, y que hace que sus argumentos tengan cambios inexplicables y que contengan un humor acogedor. Es autor de La vida es un special (1982), La montaña rusa (1985), Raining Backwards (1988), Holy Radishes! (1995), En la ocho y la doce (2001) y de muchos cuentos incluyendo "Wrong Channel", "The Brewery", "Is in the Stars" and "It's not Easy". En el año 2001, Roberto Fernández fue nombrado como Professor Dorothy Lois Breen Hoffman de Lenguas Modernas y Lingüista. Enseña en Florida State University.

Isaac Goldemberg Nació el año 1945 en Chepén, departamento de La Libertad, Perú. En 1964, emigraba hacia New York, cuando apenas contaba con 16 años de edad. Hizo sus estudios en la Universidad de Nueva York y para 1969 ya lanzaba una de sus primeras obras "To Express my Life, I have only my Death". Luego vendrían "Tiempo de Silencio" (1970) — "De Chepén a La Habana" (1973) — "La Vida a Plazos de don Jacobo Lerner" (1978) — "Hombre de Paso"/"Just Passing Through" (1981) —"Tiempo al tiempo" (1984) — "El Gran Libro de América Judía" (1998) — "La Vida al Contado" (1992) — "Cuerpo del Amor" (2000) — "Las Cuentas y los Inventarios" (2000) — "El Nombre del Padre" (2001) — "Hotel AmériKa" (2000) — "Peruvian Blues" (2001) — "Los Autorretratos y las Máscaras"/"Self—Portraits and Masks" (2002). "La Vida a Plazos de don Jacobo Lerner", fue considerada por el National Yiddish Book Center, entre las 100 obras más importantes de la literatura judía mundial de los últimos 150 años. Ha obtenido entre otros galardones, el "Premio Estival 2003", en Venezuela, por su obra "Golpe de gracia, farsa en un acto. También ha obtenido la "Orden de Don Quijote", que otorga St. John's University y la Sociedad Nacional Honoraria Hispánica. Actualmente dirige la revista de cultura "Hostos Review" y el "Instituto de Escritores Latinoamericanos", con sede en Hostos Community College, de New York.

Miguel Gomes (Caracas, 1964) ha publicado, entre otros, los siguientes libros de narrativa: Visión memorable (microrrelatos, Fundarte, 1987), La cueva de Altamira (cuentos, Alfadil/Laia, 1992), De fantasmas y destierros (cuentos y una novela breve, Eafit, 2003), Un fantasma portugués (cuentos y una novela breve, Otero Ediciones, 2004), Viviana y otras historias del cuerpo (cuentos, Mondadori, 2006), Viudos, sirenas y libertinos (cuentos y una novela breve, Equinoccio, 2008) y El hijo y la zorra (cuentos, Mondadori, 2009). Ha recibido el Premio Municipal de Narrativa de la Ciudad de Caracas (2004) y el Premio de Cuentos del diario El Nacional (2010). Vive en los Estados Unidos desde 1989; trabaja como profesor de posgrado en la Universidad de Connecticut y tiene también una obra extensa como crítico e investigador literario. El relato "Australia" es inédito.

Eduardo González Viaña (1941), Escritor y periodista peruano. Autor de novelas, cuentos y artículos periodísticos. Es también un activista que presenta sus libros y da conferencias en universidades, teatros y otros centros culturales y laborales de los Estados Unidos y defiende el derecho de los inmigrantes hispanos a vivir en ese país y a conservar la magia de hablar español. Desde 1999, es catedrático en Western Oregon University aunque también ha sido Profesor Visitante en otras como U.C. Berkeley, Dartmouth College, Willamette University y Colaborador de Honor de la Universidad de Oviedo. Su novela El corrido de Dante, es considerada un clásico de la literatura de la inmigración. Esta obra obtuvo el Premio Latino Internacional 2007 de los Estados Unidos. González Viaña escribe el Correo de Salem, una columna periodística que se publica en América y España.

Ana Merino (Madrid, 1971), teórica de los cómics y estudiosa de la infancia, es profesora titular de escritura creativa en la Universidad de Iowa (Iowa City). Ha publicado siete poemarios, una novela juvenil y un ensayo académico sobre el cómic en el mundo hispánico.

José Montelongo (Ciudad de México, 1974) es escritor y profesor universitario. Ha colaborado con ensayo y narrativa en revistas y periódicos mexicanos (Letras Libres, Biblioteca de México, Istmo, Reforma, Milenio), así como en publicaciones especializadas (Revista de Literatura Mexicana Contemporánea, Hispanófila, Andamios). Fue periodista en Canal 22 y en el diario Reforma. Ha publicado la novela Quincalla (2005) y tres biografías para niños. Es traductor del Breve tratado del desencanto, del filósofo francés Nicolás Grimaldi. Ganó el primer lugar en el Concurso Internacional Invenciones 2010, en la categoría de narrativa, por su libro Mi abuelo fue agente secreto. Hace siete años que vive en los Estados Unidos. Obtuvo el doctorado en literatura en la Universidad de Washington en St. Louis. Actualmente reside en el estado de Nueva York y da clases en Bard College.

Fernando Olszanski Nació en Buenos Aires, Argentina. Ha vivido alternativamente en Escocia, Ecuador, Japón y actualmente en los Estados Unidos. Fue Director Editorial de la revista Contratiempo entre los años 2007 y el 2008 y actualmente dirige la revista universitaria Consenso, de la Northeastern Illinois University. También ha incursionado en las artes visuales como fotógrafo y cineasta, participando en varios festivales de cine. Su trabajo ha aparecido en publicaciones como The Bilingual Review, Ventana Abierta, Barcelona Review, Nitecuento, México Volitivo. Archipiélago, Crítica, Divergencias, Espéculo y algunas más. Entre los premios que ha recibido se destacan el John Barry de Ficción en español en los Estados Unidos, el de la Sociedad de Escritores de La Matanza, premio de cuento del Instituto de Cultura Peruana de Miami y premio de cuento de la Municipalidad de Lanús, ente otros. Ha publicado la novela Rezos de marihuana, el poemario Parte del polvo, la colección de cuentos Vocesueltas. Su último libro, El orden natural de las cosas, fue galardonado con el segundo premio en la categoría Best Popular Fiction por el Internacional Latino Book Award.

Edmundo Paz Soldán Nació en 1967 en Cochabamba, Bolivia. En 1997 se doctoró en Literatura Hispanoamericana en la Universidad de California, Berkeley, y desde ese mismo año es profesor de Literatura Latinoamericana en la Universidad de Cornell. Es autor de ocho novelas, entre ellas Río fugitivo (1998), La materia del deseo (2001), El delirio de Turing (2003) y Palacio Quemado (2006); y de los libros de cuentos Las máscaras de la nada (1990), Desapariciones (1994) y Amores imperfectos (1998). Ha coeditado los libros Se habla español (2000) y Bolaño salvaje (2008). Sus obras han sido traducidas a ocho idiomas, y ha sido galardonado con uno de los premios de cuento Juan Rulfo (1997) y con el Nacional de Novela en Bolivia (2002). Ha recibido la beca de la fundación Guggenheim (2006).

Rose Mary Salum Es la fundadora y directora de la revista bilingüe Literal, Latin American Voices. Ha recibido varios reconocimientos por su labor literaria y editorial. Es autora de Entre los espacios y co—autora de Vitrales. Su obra ha sido antologada en España, Estados Unidos, México y Australia y publicado en diversas revistas internacionales. Recientemente reunió la antología Almalafa y Caligrafía, escritura latinoamericana de origen árabe para el "Hostos Review" donde fue la editora invitada.

Enrique Del Risco Arrocha. (La Habana, 1967). Ha publicado varias colecciones de cuentos: Obras encogidas (La Habana, 1992), Pérdida y recuperación de la inocencia (La Habana, 1994), Lágrimas de cocodrilo (Cádiz, 1998), Leve Historia de Cuba (Los Ángeles, 2007) y ¿Qué pensarán de nosotros en Japón? (Sevilla, 2008), V Premio Iberoamericano "Cortes de Cádiz". Además es autor de la colección de artículos El Comandante ya tiene quien le escriba (Miami, 2003) y del libro del libro de ensayos Elogio de la levedad. Mitos nacionales cubanos y sus reescrituras literarias en el siglo XX (Madrid, 2008). Licenciado en Historia por la Universidad de La Habana, 1990 y doctorado de literatura latinoamericana en la Universidad de Nueva York (N.Y.U.), 2005. Co—editor de Pequeñas resistencias 4: Antología del Nuevo Cuento Norteamericano y Caribeño (Madrid, 2005). Sus relatos han aparecido en una docena de antologías y habitualmente contribuye con ensayos y artículos con varias publicaciones de España y Estados Unidos. Obras suyas han sido traducidas al inglés, alemán, francés y polaco. En la actualidad ocupa un puesto de lecturer en el Departamento de Español y Portugués de la Universidad de Nueva York (N.Y.U.).

Jesús Torrecillas Escritor español, nacido en Villar del Pedroso (provincia de Cáceres) en 1954. Es profesor de Literatura en UCLA, y vive en los Estados Unidos desde 1986. Vivió en Los Ángeles entre los años 1986 y 1991. Luego vivió en Baton Rouge, Louisiana, entre 1991 y 1997, cuando regresó a Los Ángeles. Entre sus obras se encuentran: El tiempo y los márgenes (1996); La imitación colectiva (1996); Tornados (Su primera novela, obtuvo el premio de la Editorial Lengua de Trapo 1998); Guía de Los Ángeles (2001); España exótica (2004); En la red (2004).